U0466970

他们的母亲

王清海 著

图书在版编目（CIP）数据

他们的母亲 / 王清海著. -- 合肥：安徽文艺出版社，2023.2

（鲸群书系）

ISBN 978-7-5396-7465-0

Ⅰ.①他… Ⅱ.①王… Ⅲ.①中篇小说—小说集—中国—当代②短篇小说—小说集—中国—当代 Ⅳ.① I247.7

中国版本图书馆 CIP 数据核字 (2022) 第 086132 号

出 版 人：姚 巍	策　划：李昌鹏
责任编辑：胡 莉　宋潇婧	特约编辑：罗路晗

封面设计：鸿儒文轩·末末美书

出版发行：安徽文艺出版社　　　www.awpub.com
地　　址：合肥市翡翠路1118号　邮政编码：230071
营 销 部：（0551）63533889
印　　制：阳谷毕升印务有限公司　（0635）6173567

开本：880×1230　1/32　印张：7.625　字数：171 千字
版次：2023 年 2 月第 1 版
印次：2023 年 2 月第 1 次印刷
定价：48.00 元

（如发现印装质量问题，影响阅读，请与出版社联系调换）

版权所有，侵权必究

总　序

　　我将中国当代文坛创作体量巨大、深具创作动能的作家群体命名为"鲸群"。入选这套"鲸群书系"的作家在2021年度中短篇小说的发表量皆有15万字以上，入选小说皆为2021年发表的作品。

　　"鲸群书系"以最快的速度集结丰富多元的创作成果，以年度发表体量为标准来甄别中短篇小说创作的"鲸群"，展示作家创作生涯中的高光年份——当一个作家抵达极佳的状态才能进入"鲸群"。如果我们喜欢一位作家，一定会着迷于他高光年代的作品。

　　我想，"鲸群书系"问世后，一定会有更多的人关注被我称为"鲸群"的作家群体，因为这个群体标示了中国当代小说创作的年度峰值——它带着一种令人心醉的澎湃活力。

　　如果"鲸群书系"在2022年后不再启动，多年后它可能会成为中国当代小说研究者珍视的一套典藏；如果"鲸群书系"此后每年出版一套，它或许会为中短篇小说集的出版带来新格局。

　　这套书的作者中或许有一部分是读者尚不熟悉的小说家，我诚恳地告诉您，他就是您忽视了的一头巨鲸。正因为如此，"鲸群书系"的问世，显得别具价值。

李昌鹏
2022 年 10 月 30 日

目录

轻舟已过	001
南　山	021
鲍可的翅膀	035
他们的母亲	053
黑　狗	069
石凉粉	081
赊　刀	097
无名泉	105

秘　方　　　　　　　　　145

那年夏天你都干了些什么　　161

唱戏的人　　　　　　　　181

高山流水　　　　　　　　197

轻舟已过

她坐在河边红色的长椅上，半面朝着河，短发剪影状若沉思，远远一个侧面，王小鱼就知道是刘柳。他的心头一热，右脚松了些油门。玉带似的河边，垂柳挽着手，斑驳的光影里，他的车子缓缓地像是散步的老人。

河的东边是玉器城，白墙青瓦点缀着满目大红。这座玉器城的老板喜欢红色，厕所的地板砖和便池都用了红色，喜欢到了极致。刘柳讨厌红色，她说大红大紫都是烂俗，河边的绿植看起来最是清雅可爱。

王小鱼初到玉器城的工作，是在雕刻车间，将一些废料打磨出各种各样的光滑形状。坐在他对面的刘柳再将磨好的料子分类，传给下一道工序去雕刻。刻刀在车间里嘶吼，石末飞舞，每个人都是全套防护，帽子口罩眼镜，加上一模一样的工装，人都如同手中的产品，批量生产，几乎一模一样。

在车间里，他没有想过看看她的样子，想看也看不清楚。直到有一天在厂门口遇见，她主动和他打了招呼。她是一个皮肤白皙个子高挑眼睛水汪汪的女人，王小鱼也走近了些和她打招呼，闻到了车间出来的人特有的石头味，有些潮腻的咸腥。

他和刘柳认识了三年后，他想向刘柳求婚。不是因为很喜欢，而是陷在日复一日的工作里，除了刘柳，他也没有机会认识别的女孩子。他的家在陕西宝鸡的一个村子里，家里弟兄三个，大哥娶媳妇，已经让家里欠了一屁股债，父母正犯愁的时候，二哥出去打工，相好了一个四川的姑娘，没花一分钱就娶了媳妇，这在村里一时成为美谈。

他每个月发了钱，总要请刘柳吃饭。玉器城向南约两公里的夜市摊，有几家卖羊骨头汤的，都是些剔不太净的骨头，铁锅慢炖，骨头上的碎肉能够美餐，汤能解馋，还有些骨头可以用吸管吸出髓来。两个人去那里吃一顿，余味在嘴里盘旋好几天。好几次吃得痛快了，回来的路上，刘柳就在电瓶车的后座上，轻轻搂住了王小鱼的腰。他也忍不住摸了她柔软的手背。他没有摸她的掌心，那里在分拣的时候，会被石碴划破，经常新伤压了老痕。

刘柳，你想嫁个什么样的男人？
对我好的。
不想嫁个有钱人？
当然想。

他的车慢慢走了约两千米，在河流的分叉处，有一大片别墅，他师傅陈长年的家就在这里。门前有湖房后有花园，门口有一对五十厘米高的石狮子，摆在不太醒目的位置，雕得很安静，像是师傅一样慈眉善目。

陈长年是这附近很有名气的玉雕师，门口的狮子洁白如同汉白玉，在尾巴那里却用了镂空雕，俊秀灵动，行家一看就知道是石粉压成的粗劣货。真正的汉白玉质地坚实，韧性差，没有人能在这种石头上面用镂空雕，雕出飘扬的尾巴。他的室内却是藏满了很多名贵的雕品，仅在卧室里摆的那对翠玉麒麟，有人开出三千万的价钱，师傅连头都没抬。

翠玉麒麟是陈长年最公开的一对精品。是他自己选了上好的翡翠手雕的。红黄为翡，翠为绿，以翠为贵，色差一分，价差十倍。麒麟周身的绿浓得要滴出来。更难得的是，一对麒麟分开摆放是两只，还能合在一起，另一只的公麒麟嵌入母麒麟的腹中，首尾相连就成了一只，寓意麒麟送子。

师傅是想要个儿子的，人前人后不止一次说过自己的遗憾。

他只有一个女儿，婚后十年，三十五岁的年头上才被麒麟送来。陈苗苗今年二十五岁了，听到车响，就跑过来开门。她有点矮胖，跑起来如同一团肉在滚动。她一脸的不高兴，看了一眼王小鱼，扭头就往回跑。王小鱼看她奔跑的速度，就知道是因为给自己开门影响了她玩手游的兴致。他笑着说声"谢谢"，陈苗苗匆忙进屋子的时候还是回了他一句"不客气"。

陈长年背着双手站在院子里，看着墙角的无花果。绿色的小果一层层在叶茎间若隐若现。他的家教极严，陈苗苗刚从技校毕业的时候，被他撺到自家厂里做雕刻工。厂长悄悄把她安排在财务室，陈长年知道后，训了厂长一顿，却也听之任之了。不过厂子里的人只知道财务室有个喜欢旷工的陈苗苗，却不知道她的身份。王小鱼在陈宅第一次见到她时，也是很惊奇，更觉得师傅这里深不可测。

陈长年深不可测的眼睛忽然睁大了。

一百万？

是的。看着师傅的表情，王小鱼的心也抖颤了几下，他一步步走回车的腿都有些发软。他听见陈长年大声喊陈苗苗帮他抬石头，声音依旧如平常一般严厉。

陈苗苗蹦跳着出来了，比他还先一步跑到车跟前。手游也关掉了，眼睛睁得很大，大声笑着说，小鱼哥，第一次去赌石你都敢出一百万，有个性，让我看看这一百万的石头。

翡翠赌石，可赌雾、种、底、裂、色，在这邻近的市场上，并没有这样的档口。王小鱼充其量只能算是买了一块原石，由于没有切割，外面的风化包皮在，里面的货色极难识断，可能买涨也有很大概率买跌，在这市场里，就叫赌石了。

最初喊五十万,一群人抬价,一路抬到九十八万,我也不知道怎么了,硬是喊了一百万。王小鱼笑着说。他不想在陈苗苗跟前露出自己的胆怯,这块石头他是将心一横拿下的,并不是脑袋一热。

他脑袋一热的事情是在打工的第四年,参加了厂里的玉雕培训班,这个培训班要业余时间学,还要自己交学费。没有人愿意去。他也不愿意去。刘柳说,你不会技术,一辈子就在这里磨石头,又能攒多少钱?能娶得了媳妇养得了孩子?

他就极不情愿地报了名。等到他在班里脱颖而出,被陈长年收为徒弟,学了一年后,他告诉刘柳,玉雕是艺术不是技术。

是的,艺术品能卖更多的钱。刘柳说。

艺术不是为了钱。他说。

那艺术品标价做什么?越有艺术的产品标价越高,艺术还不是技术了?你看,我没上培训班,也跟你学得有水平了。刘柳说。王小鱼说不过刘柳,因为现实就是刘柳说的那个样子,但他还是坚信玉雕就是艺术,再回头看自己在生产线上批量加工的粗糙品,浪费了大量的玉料,心头竟有些不安。可是他不走进真正的玉雕世界,是没有这种感觉的,他觉得在刘柳这里失去了共同语言。

石头也是有语言的,他觉得自己听懂了这块石头。这些年他没有雕出能卖个好价钱的艺术品,一直觉得心里有块空荡荡的地方需要填满。他省吃俭用,存款也才五位数。买了套小房子,开着师傅家闲置的这辆旧车。师傅喜欢让他开着这辆车,从来都不提这辆车是自己送他的,因为他可以随叫随到,开着车去师傅想去的地方。人比车好用多了。

师傅很喜欢他。不止在一个场合说王小鱼就像他的儿子。

就有好事的人说，师徒如父子啊，要是再招成女婿，您就享福了。陈长年总是笑而不答。半月前，玉器城的一个大老板上门来提亲了，说自己的儿子很喜欢陈苗苗，只要师傅点头，北京一套学区房、国外一套别墅，直接写在陈苗苗的名下。

师傅依旧笑而不答。在提亲的人走后，对王小鱼说，小鱼，你去市场挑块石头吧，看能雕出一个好东西不，苗苗要过生日了，想送她个礼物。

师傅说了想送，没说谁想送。

王小鱼见过那个老板的儿子，人长得很帅气，说话办事都很有气势，大有将家业发扬光大的样子。他也知道他们家不是喜欢陈苗苗，他们是喜欢陈长年的一屋子宝贝。这些宝贝，王小鱼也喜欢。可是他觉得自己跟人家比起来，微小如同尘埃。

师傅穿着布底鞋走近石头，将手放在黄色的油皮上，仔细摩挲了一回，眼神突然犀利，似要穿透石头的包皮，看清楚里面的种和色。

神仙难断寸玉。隔着皮壳的玉，就像是人深藏的心，多变。

从皮色看，一百万是值了。

所谓的相由心生，其实是以貌取人。隔皮断玉，也就是看这皮囊，总以为粗皮子里面的玉会粗糙，细皮子里面就是嫩肉。行话说，龙到处行水，已经提醒了赌石的人不要仅凭皮色断货。但是在这副好卖相下，这块石头还是被哄抬到一百万。王小鱼几次想走开，总是舍不得，他有个直觉，这里面一定藏着一块上好的翡翠。

世上的玉，有人遇不到，有人买不起。

王小鱼算了一下，自己把房赌上，还要再借些钱。他拿着手机，一瞬间很彷徨，他不知道该跟谁借钱。师傅有钱，用他的钱买礼物送陈苗苗，那就是师傅送的了。师傅要送的话，何必劳烦自己？

师傅会不会是想让自己送一个贵重的礼物给陈苗苗？或者说，就是送聘礼？

他犹豫了很久，给刘柳打了电话。刘柳三年前和几个同乡合伙买了台机器，做机雕，客户设计了图案，机器直接刻好，操作简单，省工，出货快。她劝王小鱼也买一台这样的机器，说已经赢利了。

刘柳接了他的电话，果然爽快答应了。隔了一会，拿着钱来了，说借了很久，能借钱的地方都去借了。

倾家荡产啊，我不敢买了。王小鱼说。

刘柳的眼睛半闭了一下，似在思索。她的眼睛在遇到大事情的时候，总会这样，如同什么？王小鱼以前没体会出来，在市场喧嚣的人群中，他看到了刘柳的静，如同玉雕佛像微睁的眼睛，二分开八分闭，象征着雕像处于一种"禅那"的境界（禅那，是指一种修行，心极专注，虚灵宁静）。

我相信你看不走眼。她说。

世上太多杂乱，修行的人，都是半睁，眼不见心不乱。

她相信他，市场上的一切都不再看见，她以为王小鱼买下石头后，会在市场上把玉当场切开卖掉，她想陪他赌一把。知道他要把石头带到陈宅后，她将头扭向别处片刻，然后走开了。

小鱼，你想用这块玉雕什么？陈长年问。

万重山。他说。然后用手托了一下底部，石头的底部平宽，上部大而不规则。他说着比画着。陈长年点了点头，说，可以。

王小鱼想，如果成色好，仅一些边角料就能把本卖回来了。上面敲掉的部分至少还能出两对镯子。两对镯子就留下来，一对给刘柳，另一对，另一对也给刘柳吧。

陈长年的后院就是作坊。陈苗苗过了新鲜劲，又去玩手游了。王小鱼就和陈长年两个人将石头抬到了打磨机上，机器轻轻划过，露出一抹绿色，在黄色的细皮上，如同沙漠里出现了绿洲。

机器又多走了些，露出了一大片的绿，在绿色上面，布满了裂纹。机器停住了，王小鱼一头大汗。

十宝九裂，无纹不成玉。陈长年拍了一下王小鱼的肩头，安慰他。

这不是王小鱼想的那种完美的带裂纹的玉，雕不出完美的万重山。而且这裂纹弯曲着向内，不知道这里面有没有完整的玉。他有些颤抖着，将电锯移到石头上。

一刀穷，一刀富。赌石的人，在切开石头的时候，便切开了一辈子。

一些白色的灰尘落下来，一小片紫罗兰色闪过去，浓绿的色又出来了，裂纹仍旧如蛛网般攀爬在绿色上。王小鱼咬破嘴唇闭眼祈祷片刻，又沿着边缘切掉了一片，石头的断面整个出来了。他们不甘心，又平着切了一刀。

确实是玉，布满裂纹的玉。

帝王裂。陈长年长叹一声。

王小鱼站立不稳，跌坐在地上。

裂纹裂到无可救药，才叫帝王裂。这种布满裂纹的玉，是雕不了万重山的，一个镯子也取不出来。零碎着能做几个小件，怕是一万都卖不了。

一个香港商人半年前在陈长年那里下了订单，要一件翡翠万重山，长要一米三，高要不低于一米，出价两千万。这么大的玉很难找。王小鱼敢出一百万买这个石头，心里是有了十足打算的。万重山可以卖给客户，拿着两千万娶陈苗苗。也可以把万重山送给陈苗苗，两千万的聘礼，体面大方。

这是把万重山视为改变自己命运的机会。

虽然说十玉九裂，但他没想到自己能遇上极为少见的帝王裂。

他不知道自己是不是喜欢陈苗苗，还好他不讨厌她。对于能给自己带来一生富贵的人，不讨厌，就是很喜欢了。

现在什么都没有了，房产证已经给了在石头旁放贷的人了。他们就是专做这个生意的，掂着钱站在赌石的人群里，看谁急用。如果赌赢了，王小鱼稍加些钱就能赎回房子。赌输了，就得把房子给人家。还好王小鱼给这个人雕过一个五十厘米的和田玉关公，仅收了五百元的辛苦钱，当时看他一副憨厚的样子，竟以为是市场上普通的打工仔。

这个黑瘦的中年，也还念旧情，放贷的时候就说了，允许王小鱼先住着，不用考虑搬家的事情。但房子已经不是他的了，王小鱼唯一的财富，就是师傅的车。他开着车，沿着河，载着倾家荡产的石头，缓缓地驶着，比去时更慢。

他看见了刘柳，还一动不动地坐在河边的长椅上。他去的时候记得她是这个姿势，回来的时候依旧是。他停了车，走了过去。

赔了，帝王裂，命真好，连这都能碰上。

刘柳的眼睛睁大了，跟着他走到石头旁，看着那纵横的裂纹，站了很久。

河湾里吹来了很凉的风，她的头发飘了起来。

还没切到底，说不定底下会有点好的呢？

不会了，看这裂纹一定是到底的，就算底下有点好的，也雕不了万重山了。

为什么一定要雕万重山？

王小鱼沉默了。

我相信你赔不了钱，王小鱼，你是个好运气的人，我们再切切看。

卖石头的见他抱着石头转回，看了一眼，叹了声可惜，并没有太多语言。这种事情他们早已司空见惯，几声唏嘘也还是当面的一点人情味，背后都是冷言冷语。人都是这样，看不惯赌又喜欢看赌。他又替王小鱼从底部平切了一刀，莹莹一片绿，并没有裂纹。

你女朋友是个有福气的人。他说。刘柳红了脸。还要再继续切吗？他问。

旁边有人喊到了十万，要再切一刀。

不切了。王小鱼说。

有没有人买这个的，再出点好玉，不止一百万了。卖石头的吆喝着。

行，一百万卖给我吧。人群中走出一个四十多岁的白胖中年人，眯眯的笑眼，看着有点眼熟，却又想不起在哪里见过。

卖了吧。刘柳说。

不。我自己就是玉雕师，我知道该怎么雕。王小鱼说。

就是。就底部这片玉，最少能出三对镯子，顶部有裂纹的玉，也可以做几个小的翡翠白菜，怎么雕都是亏不了的。你们看，在我这里买石头，多烂的货都亏不了。我的石头都是正经的老坑老料，看看，看看，一个坑出的石头还有好几个，这块才卖两万，这个哥们，快过来看看。卖石头的借势开始吆喝。

如果底部这片玉的厚度，连镯子都不够呢？根本卖不了一百万。小伙子，还是出手了吧，你赔不起。那个中年人仍然没有放弃。

人群仍在沸腾，询价的砍价的乱成一团。

不卖，也不切了，这个石头我本来是买了要送人的，我还是要送给她。王小鱼说。

刘柳没有说话。半闭着眼睛和他一起离开玉器城，车驶到河边时，突然说，停车。

车戛然而止。他们的身子在安全带里晃动了下。

你留着石头要做什么？

雕万重山。

都裂成这样了，能雕成吗？

山上有石，石中有玉，玉上有纹，纹中我想也可以雕出山。这石头的形状，这色度，不用这个雕，我怕一辈子也很难再遇到这样一块石头了。我觉得是缘分。

然后呢？雕成万重山以后呢？

王小鱼想了想，说，我不知道。

是不敢说，还是不知道？

真的不知道。

刘柳就下了车，走出了一段距离后又走了回来，敲开王小鱼的车窗，露出一张淡妆的脸。

今天借给你的五十万，有三十万都是我借别人的，你打算什么时候还我？

雕成万重山以后。

我这辈子能等得到吗？

相信我，用不了多久。

刘柳笑了，王小鱼第一次注意到，原来她是双眼皮，如同两弯新月在脸上一闪一闪。

那你给我打个欠条吧。一个月内还。

我怕一个月内还不上，万重山啊，最少也得一年雕。

一个月内必须还，还要加利息。不跟你多要，一分的利，还的时候连本带利还。

市场上经常有人应急借钱，利息有时候能高到四分，一分的利，刘柳确实留着人情。

如果有可能，在万重山和两千万之间，刘柳会选择哪个呢？王小鱼想。

又回到陈长年那里的时候，他正在削竹篾，面前已经堆了一堆，手里还拿着些，细竹子在他手里如同他的手指一样灵活，快速地变成长短不一、宽窄各异的薄片。

您都知道了？王小鱼说。

你是我得意的徒弟，还记得玉雕培训班里，你雕的那只蝉吗？别人都雕振翅欲飞的蝉，只有你雕的那只是正在蜕壳的蝉，身子痉挛，脑袋努力向前伸着。我就是在那个时候决定，要把手艺传给你。

师傅您还记得那么清楚啊。王小鱼说，我自己都要忘记了。对了，那天是我去晚了，别人把好料子都挑走了，就给我留了一个半黄半白的石头,我只能这样雕了。

这就是缘分了。玉,也是遇,靠得就是随形就势,走哪算哪,有什么就是什么。陈长年说着,将手中竹篾递给王小鱼,然后看着他的眼睛,叫苗苗和你一起完成万重山吧。

王小鱼想了很久,微笑着摇了摇头。

陈长年拍了拍他的肩头,好徒弟,能成功的大师,在每一件作品上,都能放开自己的手,手随心走。

去的路上他还想着请教师傅,该怎么在裂纹上完成万重山。没想到师傅已经替他准备好了工具,镂空雕时,要用到这种有弹性的竹篾做支撑,以柔制刚,托起裂纹上的支撑,等到雕刻完成,才能取掉竹篾。

万重山,山山相叠,虽然雕不出一万座山,至少也要有一万座山的样子。王小鱼对着石头冥思苦想,想着该从哪里下第一刀。

一个月后,他都没有刻下第一刀。刘柳给他打电话催债,他说再等等。又过了一个星期后刘柳过来了,看到他仍坐在石头前,室内光线半明半暗,他的脸如同浮雕一样,开始出现骨头的样子。

你瘦了。她说,又何必这样?石头卖了,再买别的,这样满是裂纹的石头,怎么下手?

人有来处,一辈子也在找归处。万重山也该寻到山的起处和尽头。王小鱼说。

刘柳的眼睛半闭着说,得还钱了,人家一直在催我,我都不敢出门见人了。

能不能再等等?我是一定能雕成的。

既然已经有了买家,你为什么不叫买家先付了定金,你好把钱还了,也好安心搞你的艺术。

这是艺术。我不为他雕,我为自己雕,为自己的喜欢雕。

刘柳就哭了起来,说,我们几个人合伙的机器,已经买不来料子了,你不还我钱,我们就要停工了,我们的订单是有交货日期的,交不了货还要被罚。王小鱼,我好心帮你,你不能欠债不还。

王小鱼看着刘柳泪流满面,心中也一阵惭愧,他说,行,我一定想办法。

他又有什么办法可想呢?他只好去找师傅。

师傅的家挂着喜庆的红灯笼,门口的石狮子也用红绸围了脖子。门大开着,师傅一家人正喜气洋洋地站在院子里。

小鱼,来得正好,给你介绍一下。这是杨格,苗苗的男朋友。杨格,这是我的徒弟。

杨格面色白净,长得比许愿几套房子的那个富二代还要帅气。他主动伸出手来,小鱼师兄,您好。

王小鱼和他握了手,惊讶地说,师傅,这么大的事情,我没有一点准备。

今天是订婚,家宴,也就想告诉你呢,你刚好赶上了。

刚好苗苗站在院子的角落里玩手游。他就走了过去,说,恭喜啊,苗苗,认识多久了,也不给我说一声。

苗苗抬起头,说,谢谢小鱼哥。才半个月。

好快。

是啊。他是杨三刀的小儿子,我们小时候见过,高中的时候他出国留学了,刚回来。

杨三刀就是那个喜欢红色的玉器城老板,少年的时候赌石,三刀遇到三块极品玉，从此暴富。没有人知道他有多少钱，只知道他到处都有项目。

王小鱼顿时觉得自己两只脚在院子里无处安放，就悄悄地走了出去。

他回到屋子里的时候，发现门被撬开，石头不见了。桌子上放着一张字条：石头取走，卖一百万，你的给你，我的还我。桌子前的地上扔了好几个烟头，还有些乱七八糟的泥脚印。烟是市场上常见的茅庐烟，王小鱼不抽烟，这些到处可见的烟头在他的屋子里突兀地出现，就显得很陌生。

他打通了刘柳的电话，很平静地说，今天去师傅家了，苗苗订婚，一家子都在忙。明天早些去，叫师傅做担保，问客商要定金。

刘柳说，你早些为什么不要？

王小鱼说，那个客商如果提前交了订金，一定会要求雕成什么样子。而不收订金，自己想雕什么样子就是什么样子。

这有区别吗？反正你终究要卖给他。

有区别。按要求雕的是产品，虽然是手雕，还不如机器雕的标准。按自己的想法雕出来的，才叫艺术品，才是自己的，虽然卖了，也按着自己的想法雕了一回。这玉虽然有裂，我仔细看了裂纹的分布，顺着天然的纹络雕成万重山，简直是绝品。

刘柳在电话那端沉默了很久，才说，石头你可以先拿走，后天一定把钱还上。

香港的客商听陈长年说寻到了好玉，通过视频看到了裂纹，有些犹豫，听到陈长年愿以多年的声誉担保，便答应先付一百万订金。他从微信上发过来一幅画，叫王小鱼按图雕。

猛一看，这画是层峦叠嶂很有气势的万重山，仔细看，却和十元人民币的背后图案极为相似。王小鱼不禁哑然失笑。

刘柳没有来取钱，叫王小鱼直接转账给她。欠条也是托别人送过来的。送欠条的人叫江雨，曾经的同事，跟王小鱼和刘柳都很熟。他送欠条的那天，还给王小鱼买了一袋瓜子糖果，围着石头转了两圈，啧啧称叹了一番，抽了两支茅庐烟，然后替刘柳说了些感谢的话就走了。他打开门后，几乎是蹦跳着冲下了楼梯，王小鱼还没来得及关上房门，他蓝色工装的影子已经消失在楼梯间。食品袋里有一个信封，王小鱼打开后，里面是一沓钱，点了点，刚好是借条约定的利息，他转给了刘柳，她又退了回来。

他想给她打个电话，她已经关了机。他想了很久，不情愿地打给江雨，也关了机。问了别的朋友，说刘柳生意赔了，转卖了机器，和江雨一起去了广州。他又反复打了多次，天地茫茫，已是寻而不见。知道他们结婚的消息，是在一个月后，其他朋友的微信朋友圈里，晒出来了两个人幸福亲嘴的照片。刘柳的眼睛全睁着，很大，很漂亮。

王小鱼看了一眼就放下了手机，拿起了雕刀。他看着图样，却一点也不想按图雕，他的刻刀在玉上鸣叫着，却找不到目标。他想按自己的想法雕，可是自己的想法是什么？忽然间想不到了。他的眼前，他的心里，也就只有客户发来的图样。

这不是自己想要的。

可这是别人想要的。

王小鱼小区的院子里有六棵雪松，这是小区仅有的一点绿色。叶子一直如同绿针，在小区里闪耀。雪松还没有落上雪，去日本滑雪回来的杨格和苗苗挽着手走了来。

苗苗给王小鱼带来了几瓶鱼子酱。他嘴里说着感谢，接了过来，没有一点尝尝的欲望。然后苗苗就欢快地和他讲起旅途的见闻。他们一直在室内站着，让了几次都没有坐下。苗苗的胳膊也始终挽着杨格的胳膊。杨格面带微笑，不停走动着，目光在屋内巡视。听到苗苗不停夸奖王小鱼精湛的雕刻技术，就将目光停在快要雕完的万重山上，然后轻轻地说，师兄，这个图案很粗糙，有点毁玉了。

说完他就拉着苗苗走了，说晚上有朋友聚会，叫苗苗赶紧去做头发，这个发型太随意了。苗苗走到门口的时候回过头来说，小鱼哥，他就知道吃喝玩乐，不懂艺术，你雕得很好的。

王小鱼忽然跳了起来，猛地将门撞上。剧烈的声响，将室内的吊灯都震得晃了几晃，落下些白灰，洒在王小鱼的头上。他的黑发中夹杂了很多白发。他哭了起来，没来由地哭了起来，屋子里他只想有自己，任凭苗苗在外面使劲敲门问是怎么了，他都装作没听见。

他不想别人理解他了，他只想跟这块玉在一起。他又用了半年时间完成了万重山，玉和他日夜在一起，他已经熟悉了它的一切，理解了裂纹只是它的一种倾吐。他能听到它说话，他眼中沁满血丝的时候，玉那莹润的光亮中，也会出现微微的红色。他闭着眼睛睡觉的时候，觉得玉就坐在他床前。他的刻刀在它身上走动的时候，就像是自己止住啼哭在母亲的怀抱里睁开眼，也像是自己的怀抱里有个婴儿笑着睁开了眼。

去交货的那天，他十分舍不得。他特意约在水上交货，山水相逢，才能展现出万重山迷人的魅力。

收货的客户到了。那天天也很晴朗。云在水里变幻着。客户只看水，没有看玉。他说，水很漂亮。然后说看起来和我发给你的图片不像啊，我不能给你这么多。

王小鱼微笑着，将万重山移到船边。

上午九点钟，太阳将万重山在水面上拉成一条直线，水面上清晰地出现了一个不一样的万重山，与船上的万重山紧相连，仿佛是两座连绵起伏的山，中间横亘了人间。他又换了个角度，水中的山立刻就又是一个样子。

船上的人静止了，张大了嘴巴，瞪大了眼睛。

山有山的样子，老板发的图片，只是这万重山其中的一个样子。要是一个样子两千万，那您得付我几个两千万呢？

他轻轻地去取万重山上的竹篾。一阵风刮过来，船身晃了几晃，水中的山影便也晃了起来，如同千座万座。

客户说，值，你不能加价啊。

不会。山是没有价的，我们已经约好价钱，就是它的价钱了。王小鱼轻轻抚着万重山说。

船身在风中抖了几下，玉雕在船身的抖动下，来回倾斜着，水里的山便变幻出不同的样子，所有的人都被水中的山影吸引了，等到玉雕掉进了水里，才齐啊了一声。王小鱼翻身入水，去捞玉雕。

万重山入水的时候，在船舷上撞了一下，竹篾散开，上面的玉四散入水，捞出来时，残缺不全。船上人又将万重山放于船边，跌落了巧妙的折射，水里再也没有万重山了，只有一座模糊的玉雕倒影。水淋淋的王小鱼，坐在船头发呆。

没有山了。山是永远都在的，却只在人间停了不到一分钟。他呆呆地笑了。

怎么会这样？还能修复吗？那个客户问王小鱼。

不能了。王小鱼摇摇头，目光呆滞，抱着玉雕，轻轻亲了亲，纵身跳入水中。等再次打捞上来的时候，只有万重山，人却不知被冲到了哪里。

随着裂纹雕就的山，如同自然生成，却不结实，被水一冲，破碎不堪。客商觉得这玉不吉利，长叹一声，没缘分啊，将它退给了陈长年。也没有索要订金，失望地离开了玉器城。

陈长年见到玉后长叹一声，说，我的徒弟，太执念了，万重山，非得有山才行吗？可你走了，师傅这手艺又能去哪里找一个执念的人往下传？他说完，眼里现出莹莹泪光。

他闭门半年，修复了残破的万重山。一波碧水，一叶轻舟，一个半闭着眼的长髯书生，袍袖被风扬起。舟向前，他面向后，面前是隐约的几座小山，很远。水里有三条鱼，一条跟着舟，一条半跃出水面，另一条则逆流而行。只是这么美的画面，到处都是残缺，不是这里少了一块就是那里少了一片，让人觉得这片安逸背后，不知道经过了多少触目惊心。

2019年3月的玉博会上，这个玉雕，以四千万的价格拍出，艺术品的名字叫《轻舟已过》作者是王小鱼。

带着玉雕参加拍卖的，是陈长年和他的师弟，一个白胖中年人，一说话就是眯眯的笑眼。

南　山

"你要我去南山？这是一个多么吊诡的命题。你头都没抬说出这话，老先的身子便气得哆嗦。他说，你连南山都没有去过，为什么要挂'南山神医传人'的招牌？摘掉快摘掉，他的名头不能被玷污。你说，你是南山神医的徒弟，我是你的儿子，怎么就不是他的传人了？难道我不是你的儿子？难道你不是他的传人，你是个骗子？

"你的话把老先噎得面色发青，他转身就走，走到门口还不忘记砸了你的招牌，扯掉你门口挂的横幅——专治各种疑难杂症。"

"我只是问你要不要去南山，用你帮我回忆那么多？"李平常头也不抬地说。他坐在一堆盆栽中间，绿叶红花辉映着他的脸，他以为到了山林间。

"你刚进城的时候，门口就挂了个'中医诊所'的白色木牌子，四个黑字也很小。我说，小先，招牌还是做醒目点好。你说，酒香不怕巷子深。我最初也是相信的，在青草坡，大家管你父亲叫老先，管你叫小先，老先小先不开门，门口的病号都排成队。这城市离青草坡不过也就六十多公里，我相信病号都找得到你。可是药是苦的，没有人循着苦味来。你的中药一味接着一味发霉，你从青草坡带出来的钱花光了，你连房租都交不起了，不过这房租确实也太贵了，真不知道这满街的店铺，利润得有多高才能交得起房租。我们毕竟是老乡，你是我带出来的，我不能眼看你灰溜溜地回青草坡，虽然我很想这样做。"

"当时我想去南山的，去找找老先说的南山神医，就算他不在了，也还有徒弟儿子一类的，去好好学学医术。是你说在城市里能挣大钱，有了钱，才能娶杨彤彤，我要去了南山，一辈子都娶不了杨彤彤。是你把我带出来的，为什么想让我灰溜溜地回去？"

"能不说吗？"

"你阳痿多久了？"李平常突然抬高了声调。李小飞忙紧张地看看外室黑压压的人群，小声说："我说，我也喜欢杨彤彤，可是我已经结婚了，你放心，我不会跟你抢，也不敢跟你抢。"

"你也没本事抢。"李平常小声说着，提起笔给他开药方。

"我也是很感谢你的，要不是你出的主意，挂了'南山神医传人'的招牌，诊所的生意也不会这么好。我爹虽然生气，牌子砸了重新做一个就行了。他又不能天天来砸，他在青草坡管不了这么远。等我挣够买房的钱，娶了杨彤彤，再给他抱回一孙子，他也就顾不上跟我生气了。小飞，你说，来看病的人真的知道南山神医吗？"

"他们不知道。"

"那为什么我挂了这个招牌以后我的生意就好了呢？"

"因为他们相信南山神医。"

"他们都不知道，为什么会相信呢？"

李小飞看着李平常的手在处方笺上停了下来，说："不怕贵，别舍不得开好药。你刚才说什么？要不要去南山？老先让你去你不去，这事还赖我了？这会又想去了？哦，我知道了，你想回家了。是啊，还是得听老人的话，哪天去一趟吧，可是我也不知道南山在哪里，南边那么多山，都能叫南山，你要去哪一座南山？我让你挂这个招牌，是因为我知道南山神医啊，知道南山神医，没有去过南山多正常啊。青草坡谁不知道老先是南山神医的传人，虽然谁都没有见过南山神医，谁也没有去过南山。反正我一直相信你，他们现在都跟我一样相信你，像相信南山神医一样相信你，别跟我说这是人从众的结果，这是因为你真有本事。我晚上还有饭局，得早点走，你要不要去，对，我知道请不动你，等几天北京来个朋友找你看病，你可一定得赏脸一起吃顿饭，一定啊。

"你们是来干什么的？来抓人？你知道你们领导也在这看过病，还是我介绍的。要不要我给他打个电话？兄弟，药不是乱吃的，话也不是乱说的。就是因为乱吃药出事了，快死了？我不信，你亮出拘留证来看看，还真是。小先，这是怎么了？好，好，你先跟他们走，我赶紧想办法。"

老先总以为自己去的不是南山，虽然十五岁那年，他一直是往南走，走向青草坡南那抹隐隐黛青色。

南山有多远？望山跑死马。那时候青草坡没有马，只有几头耕地的牛。去十里外的集镇，老牛拉着破车，吱扭到精疲力竭才能到。

有一天，南边来了亲戚，是父亲的姑姑的儿子，知道母亲的祖根在这青草坡里，便拖根棍子拿着碗，一路讨饭到这里，悲戚戚地说着家里饿得好可怜。

"老表啊，我能借给你半袋红薯干，你咋弄回去？"老先的父亲咳嗽着说。因为激动，咳得更凶了，两眼是泪，低头望着地。

南边的亲戚也两眼是泪，说："还是老表们亲，这半袋红薯干扛回去，就是娃们的命，再沉再远也得扛回去。"他说着，干瘦的身子就驮起了袋子，晃悠悠走到大路上。大路上黄尘遍地，风一吹，叫人眯起眼睛。

老先的爹又咳嗽起来，声音剧烈，跨过低矮的房子，冲出青草坡。村子里炊烟不袅，人都靠着墙根晒太阳，看着冲出村子的咳嗽，毫无表情。

南山的亲戚背着阳光折了回来，说："老表，要不叫娃去南山学医吧，回来给你治病。"

"你知道去哪里学？"

"我知道。"

老先的爹连说"真是没想到"，就拿出了家里仅剩下的半袋红薯干，叫老先背着去南山。老先看着空荡荡带着凉气的灶台，跪在黄土上，抽泣着，想给爹磕几个头。

南山有多远他不知道，什么时候能回来他不知道。他怕回来的时候，已经听不到爹的咳嗽声了，他想重重地磕上几个头。爹的大粗手拉起了他，摸摸他的头，又弯腰咳嗽了一阵，说："娃啊，爹等你学成回来，回来再给我磕。"

青草坡的南边是招摇着的青草，向南又走了很远，仍然还是招摇的青草。走了三天三夜，亲戚坐下来挑了老先脚上的泡，指着青草包围的三间草棚，说："娃啊，到了。"

这些围着房子的青草，有着老先从没有见过的茂盛。普通的蒿能长得像小树，中间还杂着些奇大的花朵。老先站在青草中间，品尝着缠绕过来的苦味和香味，四处搜寻，不见山的影子，这怎么能是南山呢？这不还是青草坡一样的青草坡？

老先觉得自己这辈子都没走出过青草坡，也不对，他进城里找李平常的时候，发现城市不是青草坡。他在坐诊的时候，身边常常是摆放了好几盆花并且天天不断更换着。他习惯了坐在花草中间，慢慢伸出手，搭在病人的手腕上，细细地感受着脉搏的跳动。他熟悉这些跳动，就像他熟悉花草的喜好，熟悉它们的根茎叶花各有什么用，知道什么样的人什么时间该用花草的什么部位，来弥补身体的缺失。在老先的世界里，植物和人都是有语言的，可以愉快地交流，可在这茫茫然顿生渺小的城市里，他找不到这种感觉。他很快地逃了回去，他希望儿子能自己回来，他不想再去了，他老了，时间真是一把屠刀，再精干的人儿，也会被它一刀刀切尽了精气神，再好的参茸，也是没办法对抗的。

没想到等来的是惊慌失措的李小飞。

"他还是给南山神医丢了脸，就让他死外面吧。"

"可是他是你的儿子。"

"我没有这样不争气的儿子。"

"昨天抓走前他还说要去南山，真的，他真说了。可是老先，去南山真的有那么重要吗？去那里又能做什么呢？"

"南山不重要，他想不想去最重要。"

如果去了南山可以不去拘留所，李平常一定早就去了，也不用老先找来了。他对找来的老先很生气，说："我是按照你教我的方子开的，他们说病人吃了后口吐白沫，几次昏迷，是典型的中毒症状。"

"是药三分毒，你哪味药用过量了？"

"我仔细想了想方子，没有。"

"抓错药了？"

"没有，我看过剩余的药，这些药也都给别的病号用过，都没有出事。只有，对了，这个病人小便浊，脉象乱，我觉得她心肾不足，就加了60克菟丝子，这些菟丝子是新进的。"

"这个方子里加这味药也对啊。"老先的眉头皱了起来。

他当年从南山回来的时候，第一个病号是爹。他爹看了看他开的药，不屑地说："这个是马蜂窝，这不是西沟里满沟乱爬的节巴草吗，这不是蚯蚓吗？就这也能治病？"

"是的，在处方上，是叫蜂房，草节，地龙。这是麻黄，杏仁，甘草，你应该都见过的，这一种，就是咱家菜园里的荆芥，这个方子，能治你的病。"

"我试试吧。"爹还有点不相信。说着又咳嗽起来，老先一去三年，他越咳越无力，以为等不到儿子了。没想到，儿子回来了。更没想到，就这些常见的东西，老先的爹的老毛病竟然治好了。

为这事，青草坡沸腾了，求医者络绎不绝起来。四大爷长了一脸白皮癣，老先就叫他用麦秸点火，火正旺的时候，用青瓷大碗扣上焖灭，半天后打开，用碗底留下的麦秸油涂上。二哥家的小儿子鼻子一直堵，到跟前来了，甜甜一声神医叔喊得他心暖暖的，他就教二哥用碗底盛香油，棉芯放进去点燃，去园子里拔棵新鲜葱，在火上烤，烤热了给小家伙擦鼻翼两侧。这些简单的方子也让大家伙产生了质疑，临走的时候，总要问一声，能行不？

实际上，真的都行了。他在青草坡娶妻生子，手把手教儿子学医，他以为医术和青草坡尊敬的目光随着他的血脉可以一直传承下去。直到有一天，他想起了和师父的约定，在青草坡把家事办好之后，再回去学三年。

"我还没有出师呢，这次回来就是给爹治病的，师父叫我回去再学三年。"

他就又去了南山，却没有寻到师父，连那青草中的小屋都没有找到。他就往南又走了很远，终于见到了山，满是光秃秃的石头，他一气登上山顶都没有觉得累，却再也没有师父的影子。他只好失望地返回了青草坡。每年过年，他都要领着家人朝南面叩拜，以谢师恩。他觉得南山和师父都在他心里，他心里装着他们，就会永远活得有目标，活得有尊严。

大街上的人流，像草一样在风中左摇右摆着，老先觉得自己也是一棵草，在风中已经枯黄了。他来到了儿子的诊所，李小飞领着他从后边绕了进去，诊所里的花草旺盛，药香一阵阵扑来，老先深吸一口气，闭上了眼睛，仿佛回到了青草坡。在他睁开眼的时候，他发现自己的心醉了，在迷醉中，他只闻到药香，分不清这里是城市，是青草坡，还是南山。

他找到出事的方子，一样一样仔细查下来，发现儿子是可以出师了，他从方子上看不到一点会出现事故的原因。

他打开药屉，把药一味一味都拿出来。制香附一股怪酸味。制香附应该用纯米醋焖蒸，出来的是清爽的酸味。老先每年总要去邻村的一个老家伙那里，买些纯正的米醋炮制香附。不过市场上的醋大都是醋精勾兑的，而且香附大多数都不用这个方法炮制了。只是效果差些，不至于病倒人。丹参的个头倒是很大，大得老先都有些吃惊，不过想想丹参上点化肥，长得个头大也不奇怪。虽然老先坚持用附近农户挖来的野丹参，但是这样人工种的，总不至于让人昏迷吧。

跟着老先就看见菟丝子了。他用手捻了一下，不是泥沙做的假的，看着也没有什么问题。他想起儿子说过出事的方子里就只加了这一味，不甘心就此放过，就把菟丝子浸在温水里，看着它在水中慢慢升腾又沉下。他看到了一些黄豆秆的碎屑，就想这些菟丝子的寄主应该是黄豆，这些菟丝子是从农田里采来的。他的心里一沉，想到了农药。他仔细闻了闻水，却没有闻到农药味。

他在诊所里转了很久，终于决定了。他称了60克菟丝子，在水中煮开，煮到只有半杯水，倒在透明玻璃杯中，仔细端详着那黄色的液体。

"这有什么不对吗？"

"没有什么不对，没有农药味。"

"那这有什么问题吗？"

"没有问题。没有问题就是最大的问题，看来不试不知道。"

"怎么试？"

"用人试。"老先说着，把玩着手中的杯子，觉得温度可以了，一仰脖喝了下去。

"不要喝——"

"不喝怎么能知道？这世上的中草药，不都是拿人试出来的？师父常说他病如己病，他亡如己亡，在病人面前万不可失德，失德的医生不是医生，只是卖药的。"老先平静地说，"这会儿感觉肚子绞痛，眼前发黑，头晕，恶心。"

他说着，嘴里吐出白沫来。

"给我熬点绿豆甘草汤，按农药中毒来解，救过来是两条命，救不过来是换李平常一条命，叫他好好做医生。"老先说。

母亲跟我住在城里，她还是相信老先，相信那一堆又一堆的中草药。为了给她瞧病，我时不时就得开车回青草坡。这跟很多人从四面八方拥到城里医院瞧病，刚好反了过来。

老先去世的消息传来，母亲失神了好久，然后嘱我一定要回去吊唁，要在灵前磕上四个头，不要像在别处吊唁，弯腰鞠几个躬就跑了。好吧，神三鬼四，虽然老先在母亲心里是神一样的存在，神医终究不是神，死了也是鬼。母亲那天跟我念叨了很多老先的生平，说城里有医院请他几次都没有去，有一家甚至把车停在他门口好几天，他都不见人家。说他收过两个徒弟，都是觉得窝在村庄里当个中药先生没出息，学了年儿半载就跑了，在我没有考上大学那年，我爸差点起了心思把我送过去，幸亏我复读一年考上了。

"妈，我感觉我当个老师，还没当个医生好呢。"

"那也得看是啥医生，你看老先挣啥钱，儿子连媳妇都娶不下，气得跑城里来了。唉，他要是不来城里，老先也不会出这事。这以后再看病，可找谁去？不知道老先的方子留下来没有。"

"妈，实在不行，咱们去南山，找找南山神医去。"

母亲就笑了，说："还是我儿子孝顺。"她那天说了很久老先，却想不起老先的名字，我是根本就不知道，我只知道他是老先，名字这个代码，对于老先来说，已经不重要了。也许对于老先来说，名字也是特别重要的，要不然他不会那么在乎名声，拿命去证明清白。名声与名字，总还是关联着的。看来他也没有完全看透。那么，世间的所谓看透，究竟是什么样子呢？

这个问题想明白了好像也没有什么用处，你知道了看透是什么样子又有什么用？又有谁真的能丢弃看透的东西？

"你当然看不透了，没有经历过，怎么能够看得透？所有的看透，其实是你厌烦了。比如说，我厌烦了当医生。"

我又见到李平常的时候，已是多年后了。母亲已经习惯了有大病去城里医院，小病去本地医院，像这次严重些，我们就来省城住院。托了同学找了熟人，少做了几项检查，及时找到了床位，总算住下了。母亲少不了又要念起她这辈子的辛苦，身体一直不好，是个典型的药罐子，不知道吃了多少苦药，这临老了，却吃不上了，一针接一针地扎。

她也念起了小先，不知道他去了哪里，不知道他有没有老先的方子，自己可以吃些中药调理一下，也不至于动不动就得住院。也就在我们住院的第三天，我在医院的走廊里遇到了李平常。他正弓着身子拖地，看到了我微有些尴尬。我们打招呼说了几句话，他就说他厌烦了当医生，我觉得他是没从当年的打击中恢复过来。

"我觉得你要不当医生可惜了，青草坡现在随便一个小毛病，都得跑到镇上去。你回家吧。"

他摇摇头，笑了，说："在这里娶了老婆有了孩子，家都在这里了，哪里也不想去了。"然后他对着不远处正收拾垃圾桶的一个女人喊，"杨彤彤，过来见一下青草坡的老乡。"

回到病房后，跟母亲讲了这件事情，她一下子来了精神，非要去找小先开个方子。我只好守在走廊里，等着又遇到了他，便说了这件事。他摇摇头说："从那事以后，我就不开方子了，而且老先的方子大都是民间的土偏方，有的时候真会生出一些事情，我爹那天如果去医院洗胃，说不定就没事了。现在医学这么发达了，在医院里安心接受治疗吧。

"我爹那时候的病号，治好了觉得是医生的功劳，治不好觉得是病的问题。我后悔那时候没有去一个正规的医学院系统学习，不学习被淘汰很正常。"

"不会吧，你这样说，不是把南山神医给否定了？"

"这世上从没有什么南山神医，我爹的师父也没有说过自己是南山神医，我爹也没说过他师父是南山神医，偏偏大家都生造出来一个南山神医。"

我把李平常的话转给母亲，她不相信，反复地说："怎么会没有南山神医呢？老先就是南山神医的徒弟。"出院回家后没几天，就兴奋地说："你看，街上新开了一家诊所，挂的招牌就是'南山神医传人'。"还说一定要去光顾一下，支持南山神医。我说："妈，诊所又不是超市，你不会是为了支持南山神医，没病也要去瞧病吧？"

母亲说："不会，我肯定是不舒服了才去。"

谁知道没几天她拎着大包小包的中药回来了，说："是一个年轻娃，普通话说得可好，不知道是哪里人，这药也怪狠，一包都要到一百多，老先的一包药不超过十元钱。"

我拆开药包看了一下，都是一些叫不上名的草根树皮。中药里本就草根树皮占多数，我也说不出这药的好与坏。母亲煎服了后倒觉得神清气爽的，一个劲夸南山神医。还说我最近看着精神不济的，也应该去调一调。

我趁着周日找到母亲说的这家诊所，远远看一眼就吓了一跳，不仅诊所里面满满的都是人，连诊所外面也坐了长长一溜。门口果然挂着"南山神医传人，专治各种疑难杂症"的招牌。看来这医生也真有两把刷子，我忍不住想去排队。

正朝那走，看到李小飞朝我走过来。

"你来看病？"

"我来看热闹。"

"是挺热闹的。"

李小飞笑了，说："都是我以前和李平常玩过的。先联系一帮老头老太太，五十元一个上午，在诊所门口排队，排着排着人就引来了，然后时不时再定做个锦旗托人送过来，这个诊所就有名气了。这帮人还舍得扎本，最初排队的人里面还有不少年轻人，年轻人一个上午一百。不过这会排队的，大多数都是瞧病的了。"

"那你说他们是骗子?"

"炒作呗,也不能说他们是骗子,能维持这么久,也还是能开几个方子的,要不然也早关门了。"

"那你要不要去试试?"

"不去,我等小先过年回来的时候,找他开方子。"

"他给你开方子?"

"是啊,他每年过年都回来几天,他们家的老规矩,过年的时候,一家人要跪在门里,朝南山磕三个头的。然后这几天里,小先会给青草坡的老少爷们看病。"

"他不说自己的都是偏方会出事吗?"

"你没听说过偏方治大病吗?再一个我给你说,小先在省城医院可不是去扫地的,他扫地去哪里不行,偏要去医院?还要把杨彤彤拖了去。他们两口子是去学习的,那里有几个好中医,他们跟着人家学得用心着呢。你等着吧,要不了多久,他们还是要回来开诊所的。"

"他怎么不去南山学?"

"谁知道南山在哪里?老先去世后,他也往南找过半年,差点没饿死在那。直到有一天,他遇到了几个人,说要去找北坡神医看病。他问你们不找南山神医?那几个人说没听过,只听说过北坡神医。他问那几个人北坡神医在哪里,那几个人说,一直向北走,有一个长满青草的坡,一个老神医坐在鲜花与青草里,他为世间的疾病活着,包治百病,找到了他,再不用受病痛的折磨。"

"他跟你说他什么时候回青草坡当医生?"

"他没说过,我猜的。他去医院扫地的时候,我以为他是想不开，劝过他。他说，没事的，只要我活着，南山神医就活着。"

"那他还跟我说他厌烦了当医生呢。小先啊小先，他到底回不回？"

"我猜他一定回。李小飞说。"

鲍可的翅膀

我先干为敬了，都看着啊，我开始喝了。我挪了一下椅子，低头看手机。我喝了啊，我喝了大家都得喝，王小鱼可以不喝。我翻了翻眼睛看鲍可，接了一句，凭什么？凭什么不让我喝？

鲍可说，你不是正打算要二胎？为了保证六中队后代的质量，坚决不能喝。我抓起瓶子，倒了满满一高脚杯白酒，53度的高粱酒，从酒杯倒进茶杯里，不满，又添了添，满了。酒在灯光下透亮，透过酒杯我能看到鲍可变形的脸，还有大胡子，小白，黑哥，一个个都在酒杯里笑变了形。行，战友行，东北人的话，杠杠的。他们起了哄。我就一仰脖，灌了一大口，不错，辣辣的，口腔瞬间被麻木，又两大口，我吞咽了其余的。不就一大杯酒吗？我喝完后，故作轻松。一股力量从肠胃向头上冲，头开始变重，腿开始轻，屋子里的人开始晃。

我喊道，鲍可，鲍可让我看看你的翅膀。小鱼，喝醉了，都是战友，过去的事就不要再提了。黑哥扶住了我。是啊，鲍可退伍回来，还得你帮忙呢，以后你就是他的翅膀，不要再说那事了。小白也说。

我狠狠瞪了小白一眼，他果然紧挨着鲍可坐，他什么时候都是紧跟着鲍可的，因为他长得帅吗？鲍可确实长得五官端正，不过屋子里的这几个人还没有五官不端正的。

我是在退伍后，才知道鲍可有翅膀。在部队的最后一次五公里越野测试，中队长说中队有十六个人想留队，可是名额只有八个，必须挥泪淘汰掉八个，凭军事素质说话，谁赢了谁留下，这样最公平。十六个人里，二个辽宁兵四个吉林兵七个黑龙江兵，鲍可和我和另外一个我们都不怎么熟的是河南兵，只有鲍可刚生过病。

中队长常说我是六中队离不了的一根如椽大笔，既然离不了，想留队就好留。我觉得中队长是偏私，才会有了这么一个决定，因为中队的五公里越野，我是公认的第一名。我很自信，对这场决定何去何从的比赛，一点都不放在心上。我对鲍可说，一定要跟着我，跑不动了拉着我的腰带，实在不行，我用背包绳把他绑在身上，也要一起跑进前八名，一定要一起留队。他说，小鱼，我要留不了队，就得回家就得接我爸的生意，那个屠宰厂，肉一扇一扇地悬着，我穿着胶鞋踩着血水一天天一年年都得走在里面，一头猪的命能给我带来一点利润，我再拿着无数猪命去娶妻生子，我就将这样过完我的一生。

他说得很颓丧，神情哀伤得我至今难以忘记。我也感到很难过，我们都没想到，这都临近复员了，还会赶上捕逃这事，要不然鲍可也不会生病。

最后这场测试是武装越野，八一半自动步枪水壶弹夹背包一样都不能少。那个军用水壶退伍后被我爸征用了，他给别人送货的时候，用这个装满开水，一壶水可以喝半天，不怕砸不怕洒。他每次都将水灌得满满的。那次中队长说，鲍可刚生过病，水壶可以不装水，可以不背枪。一起比赛的人都表示没有意见。鲍可说大家怎么样，他也要怎么样。于是中队长就带着我们鼓起了掌。他意气风发地站在队伍中，紧挨着我。我小声说，你行吗？他从口袋里摸出四支葡萄糖说，增加能量，小鱼，一人一半。

我从来不喝这个。他脸朝着队伍前方，用手往我口袋里塞，手在裤兜里拧到了我很敏感的地方，他开玩笑从来不分地方。我被他捏得弯了腰。好吧，我喝一支。解散十分钟让准备的时候他拉着我快跑到厕所里，大拇指和食指弯成圈状，然后食指在大拇指的助力下，击开葡萄糖的玻璃包装。这样的事情，他做过不止一次了，夏天吃西瓜，直接用手切，切出来平整光滑，让我怀疑世上没必要生产刀具。我看他用指头敲东西时的崇拜目光，如同他看我在白纸上瞬间挥洒出文章。我坚持喝一支，他坚持每人一半，推让了几下，我依了他。

路上我们一直并排跑在前面，风在耳边呼啸，树向身后奔跑。我们跑出森严的监狱区域，顺着苇塘间的小路又跑上了一条铺着沥青的大路，大路上不断有车有人，他们用很怪异的目光看着我们。

秀才，你说他们是不是在嘲笑我们？

嘲笑我们跑得一身大汗气喘吁吁？不，他们是在羡慕我们的青春岁月。

我说话就是如此文艺，可是鲍可喜欢听我这么说，觉得这叫文化。我感觉他要跑不动了，响在我耳边的脚步是那么沉重，慢慢地跟不上我的步伐。我便拉住了他的一只手。小鱼，要不我自己跑吧。我松开他的手拉住了他的腰带。鲍可，不要再返回你想要逃出的生活，这一口气能撑住就赢了。

说这话的时候我们处于领先的位置，想想跑到终点后就能留队，我自己也浑身是劲。一手拿枪一手拿笔是我的梦想，在拿枪的队伍里，能写两笔很受重视，这让我很有写作的动力。我还想着，我要写散文写小说，我要成为著名的作家，穿着军装的著名作家，文武兼备，不管别人怎么想，我喜欢这样，我为自己的目标而奋斗。

鲍可受到了鼓舞，跟着我的步伐硬撑着继续向前，我们一起抬脚一起落步，脚步声和呼吸声都完全一致，我们跑得像一个人。五公里越野就这样，跑到身体不能承受的某一个点上，如果能继续保持速度，这个点过去之后，身体就又焕发了活力。

这个点，靠的就是撑。鲍可撑住了，松开了我，又跟我并肩往前跑。眼看胜利在望，我的小腹却一阵剧疼，一阵强烈的便意瞬间让我的毛孔都紧缩了起来，我的呼吸急促起来，胸口像堵着石头，我的腿开始发软，如同一团棉花，撑不住身子的重量。

是的，那天我没有忍住，跳到路边的沟里，踩着一层黑枯的柳树叶，痛快地拉了一泡屎。跳出沟后虽然跑得很拼命，还是成了那天的第十七名，第十八名是一个辽宁兵，半路崴脚没跑到地方，直接坐在那里就开始哭了。我没有哭，躺在终点不想走，鲍可去拉我，我就踢他，一直跟着我们跑的三排长把我拽了起来，和鲍可一起把我架了回去。我的梦想就像困在笼子里的鸟，好容易找到了方向敲开了笼子，被一泡屎又给关了进去。而鲍可，像长了翅膀一样，跑到了第一名，那本来应该是我的位置。鲍可也承认，他确实长了翅膀。

鲍可，让我看看你的翅膀。大家各回各的座位，鲍可开始喝酒。我要有翅膀我也能留队，我还能考军校，当军官，我不会在这座小县城里打圈圈，转来转去转了八年，还要继续在这里转来转去。鲍可递给了我纸巾，大胡子一脸鄙夷，鲍可，让他说，好像谁不是在这里转了八年？转了八年又怎样？娶妻生子买房买车哪样事情少下了？去到别处又怎样？不还是娶妻生子买房买车，你还能飞上天去？

鲍可摇晃着站了起来，解开了衣服扣子，露出了里面草绿色的警衬，那是我们都很熟悉的颜色，只有他还穿着，还是我们当年的穿法，从上到下，所有的扣子都紧扣着，他从上到下一个一个地去解，解到第四个扣子的时候，白色背心里面鼓凸的肌肉已经呼之欲出。

鲍可，你还真要亮亮翅膀？大家笑了起来。他停了手，也笑了起来。

王小鱼，鲍可当时是要拉你一起跑的，你自己忍不住了要跳到沟里拉屎，你总不能自己拉屎让鲍可等着你吧？葡萄糖大家跑步的时候都喝过，都没事，就你拉屎了，你拉屎了就怪鲍可让你喝葡萄糖了，每次战友聚会你都说这事，每次鲍可都给你道歉，大家都听烦了，都听烦了，知道不？

你个小白，你就是鲍可的狗腿子，小鱼什么时候说过葡萄糖的事了？黑哥开始骂小白，然后开始用筷子敲桌子，喝，喝，谁再扯那不高兴的事就是个孙子。

我们几个人从小县城被拉到辽宁的时候，座位是挨着的，一路上开始互相嘀咕，会不会被分一起，我们感觉一下子离家千里到一个完全陌生纪律又很严格的地方，很渴望在那地方有老乡互相照顾。最后被分到六中队的只有鲍可、我、小白。黑哥和大胡子在七中队。我们时不时偷跑出来短暂闲话几句，便觉得每一句话都是乡情厚谊，这种情谊一直蔓延到现在。我爸送货腰扭了，还要在家里指挥我做煤球，他嫌买人家的煤球掺土太多不好烧，按我的理解，他就是想省点钱。我就打了电话，他们仨就跑来了，拿出在部队挖鱼塘的干劲，一直弯着腰不抬头，用了一上午，做的煤球能烧一个冬天，把我爸乐得去买了好多菜拿出了塞在床底下多年标签都烂掉了的酒，里面的液体颜色淡黄，糖浆一样。我都不知道那里还藏着酒。那天我爸喝醉了，说要靠我来实现他的梦想。我从来不知道我爸竟然还有梦想，我以为他就只会送货，他确实送了一辈子货，原来送了一辈子货的人也有梦想。

我们四个经常在一起喝醉，鲍可每次探亲回来，我们都会喝得更醉，醉了我就想提那两支葡萄糖，说不出口就开始说起鲍可的翅膀，其实大家都知道我还是心里惦念着葡萄糖。黑哥这次骂了，我们就开始聊孩子聊老婆，聊了几句又扯回部队，开始说起那次捕逃。

吹紧急集合号时我们正在器械场，三排长想在退伍的老兵面前露一手，他还是肩头挂红板的实习排长，刚分来不到三个月，急于显摆自己的军事素质。他不怕冷，下半身从来不穿棉裤只穿保暖裤，这又脱了棉衣只穿保暖衣，身体就像营房后面的那排杨树一样笔直，腰身却像路边的柳枝一样婀娜，他做了六练习，腹部大回环，绷直蹦的腿和腹部绕杠时候的轻盈，让一帮临退伍的老兵一个劲地鼓掌。三排长来中队的时候，送过我一本书，世界名著，名字太长我忘了，那本书我翻了几次看不懂就放一边了，几次卫生检查后，忘记书藏哪里了。我觉得谁送我书谁就是我的知己，我就站在下面护杠。他高难度地完成六练习后蹦了下来，我的手一张，没有托住他的腰，却有拍马屁的嫌疑。老兵们就喊，秀才来一个。我在驻地的报纸上发过一首诗，从那以后，上至大队长下来检查，下到同年兵，都喊我秀才。新兵不敢喊，只敢尊敬地叫我王老兵或者王班长，中队长指导员在会上喜滋滋地表扬我，他们就一个劲地鼓掌，老兵边鼓掌边嘻哈。鼓掌是练习过的，两手的指头弯曲手心内凹，然后使劲连击，声音很响亮。老兵喊了来一个后我还没动心，新兵响亮的掌声我就起了热血，我就去解扣子。

鲍可抢先一步站到了单杠下面，一群新兵就喊，鲍班长加油！他更动情，直接脱光了上衣，露出疙疙瘩瘩的肌肉，还朝上面拍了拍。我记得很清楚，他的背后和我一样，晒得黝黑，肩胛骨凸起的地方平整光滑，没有翅膀。

鲍可的器械在中队是数一数二的，也只有他能跟三排长比一比了。我们都拭目以待这精彩的对决，甚至决定了要起哄挑起单杠七练习的比拼。短促尖细的紧急集合号就在这个时候响起了，我们还以为中队长又要搞演练，在中队的这两年，这样莫名其妙的演练已经很多次了，每次都有不同的模拟任务，我们明知道每次都不是真的，却一次也没有敢当成假的。

集合后，中队长的黑脸一改平时的紧绷，配着比平时低了八度的嗓门，竟然生出几分亲切。他给了五分钟的准备时间，大家已经知道这次是真出事了。太阳已经回去睡觉了，五分钟的时间，得裹好晚上的衣服，要轻便还要保暖。三排长在这五分钟里消失了一下，等到集合的时候，也是最后一个跑到操场的，一直到登车以后，他用手碰了碰我，我顺着他的手往他口袋里摸了一下，火腿肠瓜子饮料应该都有。中队的宿舍里是不让放这些东西的，离中队最近的小卖部也有五百米，这五分钟的时间，从大门堂而皇之地出去，一定办不到。只有翻墙沿着小路出去然后再快速地翻墙回来才能办得到。翻墙对于那时的我们来说，是很简单的事情，助跑几步，先右脚蹬墙，左脚顺势再上蹬一下，两手就攀住了墙，胳膊用力一撑，人就翻跳了过去。速度一定要快，因为离小卖部最近的那堵墙，就正对着中队长的窗户，被他逮到了肯定会是一顿猛收拾。就他天天盯着，那时候还不断有人神出鬼没地在墙上来去自如，包括我，也翻过好几次。现在，翻个墙得半个小时吧，还得头晕眼花的，唉。

三排长叫王泷，那天晚上我吃了他一根火腿肠一个面包，喝了他半瓶芬达。东北11月的天气，饮料只有放衣服里焐着才能喝，我喝到嘴里的，都是他的体温。五年后，听到他的死讯，当时我没有落下泪，看到一摇一摆的儿子从冰箱里拿出芬达——我家的冰箱里经常塞着芬达，我再也忍不住了，躲进卫生间，眼泪哗哗流一脸，还是没有敢哭出声，我怕儿子会进来，奶声奶气地问为什么。

捕逃的地方离中队有十多里，到地方后天已经黑了。七中队已经在那围了一天一夜，我们是来和他们换岗的。逃跑的犯人是从三中队看管的监狱跑出来的，三中队离我们有一百多公里，那地方号称遍地不长草，风吹石头跑。不知道那个犯人，怎么会从一百多公里外跑到我们这边的大芦苇塘里了，反正是有人看见他在这附近出没了。不会是喜欢苇塘美丽的月夜吧？银白的月色摇着待收割的芦苇，舍不了又很讨厌的芦花一团团地滚到脚边，风再吹一下，它们就柔柔地腻在了身上。

鲍可和我分到了一个哨位，在一棵大树下，对面是一个岔路口。我们躲在树影里，眼睛眨都不眨地盯着路口。

还没到半夜呢，你哆嗦啥？你是不是穿得薄啊？他在地上坐了十个仰卧起坐，身子在月光下一起一伏，像一条在水里游泳的鱼。做完后又躲回树影里，紧挨着我。

紧急集合的时候我没顾得上穿毛衣，丢到器械场了，回屋子里准备的时候，一激动，把毛衣的事给忘了。也就少穿一件毛衣，没事的。

你激动啥？

捕逃啊，要是今天晚上谁能抓到逃犯，最少要给个三等功，别说留队了，提干都有可能呢。

一道监墙分开了人与人，外面的人一进去，就成了里面的人，各有各的生活，监墙不可逾越，生命在这道墙前都是渺小的。

我的心也激动起来。确实是个难逢的提干好机会。

排长就是干部，听他一说话就跟我们不一样，偏他还以为我也跟他一样，他问我，王小鱼，你听这风，像不像班德瑞的 The Wind Of Change？

风吼着，芦苇塘里只有这种狂躁的声音。其实我都听习惯了，早都可以充耳不闻了。排长这么一说，我仔细听了，还是找不到他说的那种感觉。我印象中知道这是一首钢琴曲。也难怪他要跟我说，在中队里，被以为懂钢琴的，好像也只有我了。

排长，你说的这个我不知道啊。

哦，月亮好白，跟馒头一样白。来，尝尝排长的私货。他说，我们三个都笑了起来。

三排长是我们这个哨位的领班，他来查哨的时候，闲聊几句后告诉我们这个犯人是抢劫进去的，身上可能有刀，让我们两个小心些。我就是那个时候吃了他的零食，鲍可没有吃，他说他不喜欢吃零食，怕发胖。虽然他也知道现在的训练强度吃再多也堆积不了脂肪，他还是保持了这个从小养成的习惯。三排长也很瘦，总说自己怎么也吃不胖，吃不胖的人总让人羡慕，怎么也没想到他会是胃癌，可能那时候的瘦就是症状。鲍可探亲回来告诉我们这件事情的时候，正是战友间交杯换盏谈兴正浓的时候，五个人看着一桌子的菜，立刻变得面色沉重。

要不我说鲍可是个小人，总是喜欢打断别人的高兴。黑哥曾说过我也喜欢在别人兴致颇高的时候泼一瓢冷水，我就努力改正了，我怕我也成了鲍可，变成自己讨厌的人。还好，他也退伍回来了，八年的时间，我们几个都胖了，只有他还如同少年。小白总结，运动使人年轻。他也脱下军装了，很快就会和我们一样胖，一脸油腻，在这个小城里循环往复，直到油尽灯枯，他那所谓的翅膀也将再无用武之地，想到这里，我的心就一阵舒服。

他喝醉了，拉住我，让我多叫他几声"小人"。我说，都一把年纪了，不用那么肉麻了吧。不叫了，以后都不再叫了，那天中午是红烧肉吃多了，不喝葡萄糖我也会去拉屎，谁让我那么爱吃红烧肉呢，没办法，人都是被自己的爱好给毁掉的。小事，已经过去了，不提了，不提了。

小事？怎么会是小事呢？说好一起留下的，我知道你也很想留下的，你也完全可以留下的，你却退伍了。小鱼，我不该给你喝那两支葡萄糖，我应该一个人喝掉四支葡萄糖。他说得眼泪涌了出来，清亮的泪水在黑脸上闪耀，像是一串珍珠。我凑近了他，抱紧了他，一阵阵酒气扑了过来。他们几个人都笑了，说，你们两个干啥呢？这么搂抱着，叫我们去哪里？我们就松开了，然后五个人拉着手挽着肩在街上唱了起来，雪压青松挺且直，梅开腊月火样红——那个时候，河南兵的"雪"字发音，总是被中队长批，让我们在白茫茫的雪里站过两个小时。我们就想，祖国大好河山那么辽阔，还有从没下过雪的地方呢，难道那里的人就不会读这个字了？后来听说中队长转业就去了他老婆的故乡，海南。

那时候他批评了我们好几次，每每合唱的时候，总还有发错音的河南腔飘出来，所以在部队学了那么多歌曲，我们记得最清的，就是这首歌。刚哼了几句，我远远地看见小白的经理从旁边过，就推了他一把，他立刻闭了嘴，脸偏到一边。跟着，黑哥踢了我一下，他不踢我我也看见了，我们主任正在不远处散步，闲散的目光意外深长地滑过来，我也闭了嘴。

我们几个人就散了。

我们主任就是县城退伍安置办的主任。隔了几天，鲍可去他那报到的时候，我也在，鲍可说他放弃安置的时候，我很意外，他没有跟我说过这事。他回来的这几天我们见过好几次，他竟然都没有跟我提起这事，我知道他要退伍，一年前就开始暗自替他谋划，甚至为了他能去个好地方，我这一年多工作特别努力。

他竟然选择自主择业。

那你去哪里？我问他。

我还想回东北。

你老婆孩子怎么办？

一起带过去。那里还有别人需要照顾，我不想走得太远。而且在那里也生活习惯了，我喜欢那地方。不管是在哪里，只要喜欢，就不会逃出来，这话还是你说的，捕逃的那天晚上。

我想起这句话了，是我说的，但我只是说说，那年头，自以为少年老成，对着书本看几句名人名言，就能衍生出很多大道理，但是每一个道理，只是挂在嘴上，哪曾想过付诸行动？若干年后，被人猛地提起，却如醍醐灌顶。

说那句话的时候，已经是后半夜了，那天晚上和鲍可聊了很多，甚至提到了自己的梦想。月亮在天上晃着晃着不见了，鲍可紧挨着我坐着，我却连他的脸也看不清楚了。

我们开始聊起那个犯人。中队长通报过，他也才二十一岁，和三排长一样大。个子一米七五，和鲍可一样高。脸上有一道疤，这个中队里谁都没有。仔细想想，中队长有，在后背上，是有一年出外勤的时候出事故，和犯人搏斗的时候被砍的。他也就是从那件事立功提干。这是中队每个人都知道的事情，大队长给每一届新兵上课的时候都要提一提，据说每次讲到这件事情的时候，中队长一定不在场。

那个犯人为什么要逃呢？三中队的监狱关的都是十年以下的有期徒刑，都是有盼头的，犯不着铤而走险。我们就想，他可能是有了女朋友，又跟别人跑了，忍不住要逃出来问个究竟。这是我们讨论了很久、觉得唯一一个值得从监狱跑出来的理由。我们都没有女朋友，三排长有，我们又讨论起三排长的那个细高白净的女朋友，刚在门口的自卫哨那登记，说是来找王泷，三排长就从三排翻窗出来躲进一排去。她挨着屋子找，三排长就从一排后窗翻出来跑到炊事班，又从炊事班的小道蹿进地窖里，地窖里摆着队列一样整齐的萝卜白菜，平时锁着门。三排长的女朋友找不到这里来，竟然头也不回地就走了。这事闹得，中队长吃饭的时候和指导员两个人脸上笑得花一样，说营房太简单了，就这两排矮平房，躲猫猫都得装成萝卜白菜。

我们又想，犯人会不会忽然出现在我们两个身后，手中的刀像切西瓜一样快速地割断我们的喉咙？想到这里，看看月白风清，还是浑身寒毛直竖。我们就不去想这个问题了，开始聊起自己心中的女朋友，鲍可喜欢麻利泼辣的，我喜欢温柔典雅的。实际上的后来，我们都没有如愿，可是也都过得很幸福，虽然这幸福要仔细想想才觉得幸福。漫漫长夜，我们小声嘀咕得口干舌燥，终于无话可说了。也许我们本就无话可说，说话只是为了打发一阵紧似一阵的困意。

小鱼，要不咱们轮着睡一会吧。困意像山一样压住了我。小鱼，你先睡还是我先睡？我用手使劲掐掐额头，还是闭上了眼睛。醒来的时候，面前的芦苇已经分得出来高矮胖瘦了。鲍可睁着眼睛,盯着路口,眉眼间挂着一层寒霜。

怎么不喊我?

喊了,睡得猪一样,我只好自己守着了。

我在树上靠着,他穿着棉袄紧靠着我,我们两个人盖着他的大衣,一半在他那,一半在我这。我说了,鲍可是个小人,他应该看见我醒了,就迅速把衣服穿好的。可他没有动,直到三排长一瘸一拐地跑过来,一脸鄙夷,张嘴就是一句,王小鱼可真会享受,你都不怕把鲍可冻成冰棍?我当然不能说,排长,我是睡着了,睡着的人不盖厚点会冻成冰棍的,虽然我特想像个哥们一样跟他插科打诨几句,虽然那几句话在我嘴边滚了几滚,我还是老实地说,排长,我错了。

三排长批评了我后,一脸喜色地说,犯人在另一个地方被抓到了,可以收队了。鲍可说,就知道跑不掉,他又没插翅膀。三排长说,他犯了罪,就算插翅膀飞了,他也飞不出自己的罪。

他嘴里说着话,皱着眉头,不停地抖着自己的脚腕子。他嘴里冒着蒙蒙的白汽,四周也都是白汽,团团地包围着高低起伏的芦苇。苇塘里响起了缓慢悠长的集合哨,我的心一阵轻松,鼻尖仿佛闻到了食堂蒸腾的饭菜香。

排长,你怎么了?

脚崴了。

那我扶着你吧。

算了,你那么金贵,还是鲍可扶着我吧。唉,让排长也享受一回老百姓的待遇,让人民子弟兵班长背着回去。鲍可,你的头怎么这么烫,是不是发烧了?你别背我了,还是让王小鱼扶着我回去吧。

鲍可就这样生病了。平时病了能躲一下训练,养养病偷几天懒也很惬意。他却赶上了留队测试。很多事情真是不可预料，就像我没有想到我一生的梦想会栽在一顿红烧肉上，而鲍可，却因为喝了两支葡萄糖像长了翅膀？

退伍后我只要一吃红烧肉，就去喝葡萄糖，每次都拉稀屎。有一年八一，心情实在差，就大吃了一顿红烧肉喝了四支葡萄糖，结果拉到虚脱，躺在床上，觉得心里特舒服。

离开部队的那天，鲍可追着车送我们好远，大家都在哭，我也在哭，战友们互相拥抱着告别，每一个人都紧紧抱着对方，绿色的军装摘掉了领花和肩章，像是去掉了枝叶的树，每一棵冬日里逃走叶子的树都是去掉了一季的梦想，等着绽放另一季的梦想。我没有和鲍可拥抱，他追着车跑了很远，我也不想看他。

自主择业这么重大的人生选择，他竟然没有告诉我，我更加不想看他。我在办公室当场就把脸沉了下来，随后一个来报到的退伍兵问了我几个问题，看我爱理不理的表情，就去主任那里投诉我。我听见他在投诉，还是转身就走了。

小鱼，你怎么不高兴？我不理他。谁惹我战友了？我扁他去。我实在忍不住了，我在单位学会的隐忍以及喜怒不形于色在这件事上全都失灵。我控制不了自己。我冲他吼了一句，你当我是谁？过路的？我是你战友，你个小人，我是跟你一起捕过逃的战友。

他笑了，你还会为这事生气啊，那你不为葡萄糖生气了？你个小人，我都受你多少年气了？葡萄糖的事真的怪我吗？

鲍可确实是个小人，他都道歉多少回的事情，还能不认账。

你自主择业是你的自由，那总得给我说一声吧？我还想说，你知道我为你的事情盘算了多少回吗？但是想想这句话还是不说了吧,反正也没有用了,干脆不让他知道了。他说,我以为你知道,那边有我的干儿子,他需要我照顾,我不能离开他。我现在其实挺想回来接管屠宰厂的,小鱼,人生是不是圆圈?逃来逃去的生活,其实是在转圈。

他的干儿子就是王泷排长的儿子。三排长喜欢上了一个在酒吧唱歌的姑娘,拒绝了一个富二代,他有一个最大的梦想,就是写歌给自己的老婆唱。他还没有完成这个愿望,他们就结婚了,然后有了孩子,我们的排长嫂子就安心在家带孩子,不再唱歌了。排长去世的时候,孩子才一岁,她把孩子交给三排长的妈妈,从此不知去向。三排长本来就成长于一个单亲家庭,没想到自己的心肝宝贝会更可怜。鲍可和他的几个战友一直照顾着孩子,那几个我都不认识了,铁打的营盘流水的兵,八年里,怎么能知道中队里换了多少新面孔。最近两年鲍可回来,总在嘴边提自己的干儿子,说战友里就他跟孩子最投缘,孩子看见他就不撒手,他看见了孩子,走了好几天,眼前直晃的还是孩子。我只是没想到,他会为了这事选择退伍后仍留在驻地,还将自己老婆孩子的生活都改变了,一起去那里。

因为我有翅膀。他一脸神秘地说。我也有翅膀。我一脸神秘地看着他说。

那天我跳进沟里拉屎后,他也跑不动了。他望着茫茫的前路想要放弃的时候,三排长在旁边喊,鲍可,你要知道,人也可以有翅膀。

人要想活得跟自己不一样,就得生出一双翅膀。

我被那个退伍兵投诉后,主任狠批了我一顿,还说要给处分。我干脆请了一个月假,去医院割痔疮,那里最近两年经常滴血，时好时坏。常说十人九痔，我这段时间还属于比较好的阶段，除了知道它存在，也没有别的症状。可我就是想割了它。手术不大，在医院躺了几天后又在家休息了一段时间，我就想辞职。这在我的亲戚朋友圈里是引起轰动的大事情，黑哥小白大胡子鲍可，一起跑来质问我，是不是疯了，是不是神经了，是不是脑袋有病了？知道了我是要去南方一家杂志社做编辑后，都沉默了。虽然是打破铁饭碗去做临时工，虽然他们并不认同甚至鄙视这个职业，这么多年了，他们知道我心里想的是什么，他们还是说，战友杠杠的，拿得起放得下，不过你还是给自己留条后路吧。

我想了想，还是决定给自己留条后路，人这一生，总要处处给自己留路的，路走断了，又没有翅膀可以飞。我就改成了请假，到南方去看看再决定，骑着马好找马，也是人之常情啊。

他们本来准备用一场大醉送别鲍可的，没想到是先送我，这让我很得意，我对鲍可说，那天谁都能送我，就你别送我。鲍可哭了，哭了后还是要送我，一直把我送到车站，那是我们第一次相遇的地方，胸戴红花，意气风发，他在我身后，踩着了我的后脚跟，我回头瞪他的时候，看到了一张怯生生的脸，像是我自己。那时候车站附近还只有几间矮小的房子，如今已是一片高楼，人是物非了。唉，人也不是当年的了，谁还能走回青春去？只能飞。有翅膀多远都不算远。

但我没有翅膀。我到了心心念念想去的城市，在陌生的人群中孤独了一阵后，总感到自己像是五公里越野跑掉了队，在茫苍苍的人流里，无所适从，一股子热血冷后，想到了很多东西，诸如老人孩子、生活习惯、吃饱穿暖等，我觉得我别无选择，我已经被捆在这里了，只能回来继续现在的生活。

鲍可来接我，我只告诉了他一个人，不让他告诉别人。他看到我后一直在笑。我一脸颓丧，我不想看见他笑，可我又无法拒绝他的笑，只好跟在他的笑脸后面，一路无语。走了很远，我语声沉闷地说，鲍可，让我看看你的翅膀。他找了一个僻静的地方停了下来，缓缓地解开衣服的扣子，露出了背部，慢慢地将背部转向我。

那是我最后一次看见鲍可的翅膀。

他们的母亲

在春日的时光里，公园的月季花开了，一只又一只蝴蝶不断出现和消失在赏花人的眼睛里。

他们的母亲和蝴蝶一起，徜徉在花丛里。那天是工作日，与热闹的花相比，公园里的人很少。他们的母亲看着四周无人了，突然弯下腰去。第一棵月季花太过结实，断了。她立刻转移了目标，第二棵生在水洼中，她很完整地拔出了那棵月季花，她接着又拔出了三棵，竟然都成功了。她面无表情，用塑料袋把月季花的根部缠好，大摇大摆地走到公园对面，那里有她的一个小摊，上面摆放着饮料瓜子。

她把月季花放在摊位前，摊位前摆着一个纸牌子——每棵20元。

晚上的时候，她加了菜，是田水最爱吃的猪蹄子。她将盘子往他面前推了推，花白头发微晃着说，今天卖了四棵月季。说完就沉默了。田水也沉默了，沉默着吃了很多东西，唯独没有啃猪蹄。

田水告诉我这件事情的时候，紧皱着眉头。他的面部虽然阴郁，但五器间精雕细琢的搭配，能让人想到他有一个同样英俊的父亲，是的，这点我可以证明，他的父亲曾是我的小学老师，那时我们还不知道英俊为何物，多年后记忆浮现，还是能判断出，田老师的英俊跨越时间和空间在田水身上留了下来。他那时一再要求我们要按时准点到学校，他自己能坚持得很好，对一个容易分心的孩子来说，这是需要全身心投入才能做到的事情。然而有一天，我按时准点地来到学校，田老师却没有来，我们空了半节课后来了新老师，然后又换了一个新老师。当时候不知道换老师的原因，也没有想到会有什么原因。多年后才知道，这在当时是一件很轰动的事情。田老师有了情人，在自己家偷情的时候被妻子发现，羞愧难当、服毒自杀了。而他的妻子，竟然把他英俊的遗体剁成了好多块。学校和家里刻意地对我们隐瞒了真相，毕竟那时候还小嘛。不成熟的人生是需要保护的，被保护也是一种幸福，虽然这种幸福是活在虚假里。

因为真正的生活，毕竟是血淋淋的现实。

几年前我想买房子，在中介那里看到一套独家小院，产权明晰两证俱全价钱极低，低到了只有市场价钱的四分之一。我动了心，跟着中介去看房，也就在那个时候见到了田水。他给我们引路，一路上不停地说房子结实宽敞，要不是他们家都不去住，说什么也舍不得卖。问及他的家庭情况，他说，他还有个哥哥叫田山，这房子卖了以后，他们兄弟是要平分的。我说，挺好啊，父母留下的老房子吧？没有别的人和你争这个房子吧？我买了以后可不想跟别人纠缠什么。他说，不会的，他母亲从来不到这边来。我说，你父亲呢？他说，父亲很早就去世了，他是明星小学的老师。明星小学你知道吗？是这个城市的重点小学，里面的老师都是好老师。

我的记忆在那会儿神奇地苏醒了。我问他，田老师是不是就在这屋子里去世的？他说，是的。我说，我什么都知道了，田老师还是我的老师，你比我大，我就叫你师兄吧。他的脸就红了，眼圈也红了。我没有买他的房子，他仍坚持要请我吃饭，说这么多年，没有人跟他提起过父亲，大家都在躲着那个名字。那天我一提起来，就准确无误地击中了他内心最脆弱的地方。他想他，父亲在很多个夜里，都哭过父亲。可是只能在夜里哭，白天的时候，他也装作忘记了父亲。

"你知道的，我并不缺钱，我老婆的服装店生意很好，我自己就在园林管理这里上班。她这次拔了四棵月季毁坏了一棵，同事指着监控喊我看,你叫我怎么办?我只能喊了个朋友去把月季买回来再栽上。"从我们认识,他的眉头好像一直在皱着,以至于年纪不大,眉间就有了深深的纹络。

田水和我都喜欢游泳。我们的城市看着很大,我总觉得一个地方显得大的原因是茫然人群中的孤寂,若从不经意的相遇来说,它又着实太小了。我和田水从买房子那天认识以后,又在游泳馆里遇到过几次,大家越谈越投机,竟然互相觉得是朋友了。他跟我聊过几次他的母亲,却总是称"她",而不是称她为"妈",这让我觉得,他在心里是不能接受她的。

我一次对他说:"毕竟是你的妈,你是她身上掉下的肉,做错了什么,也得替她担着。"

他不说话,但是很长时间没有联系我,直到我主动联系他。

我曾经好几次特意经过她的摊位买东西。她不像别的生意人那样对顾客的目光有高度的敏感,对顾客有说不完的话,她几乎不说话,脸上也没有笑容,站在自己的摊位前,像个木头人。

田水说,她冬天蓝棉袄夏天灰短袖,春秋两季蓝大褂,知道的人知道她是有新衣服不穿,不知道的人还以为我们家开着服装店,不给她一件新衣服穿。吃饭从不坐到桌子前,自己蹲在角落里随便吃一口,不吃菜只吃馒头、喝粥,把自己的位置弄得像家里的老丫鬟一样。田水说得直摇头叹气。

他们的母亲只跟着田水生活,从不去田山那边。我在公园里玩的时候见过田山。他那天不知道来公园里干什么,一个人边走边看却又不像游玩。田水看见了他,很亲热地跟他打了招呼,他也很亲热地应了几句,然后匆匆走了。田水告诉我这是他的哥哥,我看到他走到门口,从他们的母亲身边走过,谁也没有看谁,就那样路人般路过了。那天我是领着母亲来公园玩的。公园我们经常来,也没有什么好玩的,可就是和母亲一起在公园里走走,随便说些没边没影的事情,她就很高兴,我也很高兴。没有比陪伴更能享受亲情了,这是所有母子都乐此不疲的事情。

田水很爱自己的老婆,说她当初是顶着很大的压力嫁给自己的。毕竟他那样的家庭谁都不愿意跟他们的母亲做亲家。他要对自己老婆好,不让她觉得自己嫁错了觉得委屈。田水为了证明自己对老婆一心一意,他的朋友里没有一个异性。连跟自己家服装店的女店员,一个每次见他都亲热地喊"田水哥你来了"的小姑娘,都不多说一句话。

田老师出事的时候,田山二十三岁,领着交往了一段时间的女朋友回来吃饭。他一路上吹嘘,他的母亲慈爱善良,烧得一手好菜,尤其烧茄子简直是御厨重生也做不出这个味道。他的女朋友是个长得很精致的人,一路上甜甜地笑着。田山先进的屋子,看到屋子里的惨状,竟然哭都没哭一声非常利索地就报了警,直到警察带走了他的母亲,他也没有哭一声。他没有让女朋友进屋子,说家里出事了,让她先走了。很多人事后提起田山的冷静,都觉得不可思议。女朋友在那天之后病了一场,病中拒绝见田山,病好后再也不见他了。田山后来再也没有交到女朋友,快到四十岁的时候才娶下老婆,是一个死了男人的胖女人,有两个儿子,大的已经在外地读大学了,小的还在上小学。胖女人经常打他,田山的脸上经常带着伤痕。但是田水说不管怎么样,哥哥总算成了家。一个人的身体和灵魂总要有所寄托,最好的地方,就是家。

他说这些的时候,言语间很开心。仿佛不能成家的哥哥,是他一直放心不下的事情。田山最近一直在一家商场当保安，听说工资发下来要全部上交，平时自己的日用，要另外想办法。

我总想，每个人都有每个人的快乐，只要他们自己愿意，生活就这么持续下去吧。所以田山忽然来找我的时候，我很吃惊。他说，王律师，我是田水的哥哥田山。他说他准备离婚了，想从孩他妈那里拿回自己这些年的工资。是的，他是这么称呼妻子的——孩他妈。

"你们什么时候结婚的？这些年有多少共同财产？"

"有五年了，不知道有多少钱，我每个月挣的钱都给她了，我想拿回来一部分。"

"我说的结婚时间是领结婚证的时间。"

"没有领结婚证。"

"那你把钱给她有什么证据吗？"

他不说话了，显然意识到了尴尬。他在我那里又咨询了一些问题就走了。他刚走，我就急忙跟田水打电话，问他怎么回事。他说，没事的，田山跟别的女人好上了，是他们商场一个经理家的保姆，农村来的，听说家里只有地没有人了。这个女的还不错，还到公园这边来看她了。

不用想也该猜得到，他们兄弟这些年的大小事情，都不会征询他们母亲的意见。她虽然跟田水一起生活，在田水家，也只是吃饭睡觉。难得会有人来听一下她的意见，虽然田水的语气中仍然有很多不屑，或者他在不屑那个小三，或者在不屑小三竟然想要争取他们的母亲。

他们的母亲被抓起来以后，警察在家里找到了田老师的遗书，写满了一张稿纸，字迹工整表达清楚，连标点符号都没有错一个。很难想象这么用心去写一封遗书的人，那一刻是怎样视死如归的心情。司法鉴定后认为确实是田老师的亲笔信。他说自己有爱情却不能追求，活着只是活着，终究是什么也没有。他空荡荡地在这个世界上，他爱自己的两个儿子，他们一天天长大，到最后仍然会是空荡荡的自己。他不想承受这种孤独，就想先离去。

这张纸让他们的母亲免担了杀人的罪责，只按故意毁坏遗体罪判了三年。三年间，田山带着田水去看过她两次，每次都是让田水进去，田山在外面。我想，田山母子这么多年互相不说一句话，小三寻找的支援怕是没根的浮萍。

"你妈同意你哥哥再找一个？"

田水说，她竟然同意了，非常认真地表态了，说她支持他们。

"你同意吗？"

田水说，只要她对他好也行，但我怕她骗他。

我说，能骗什么，感情还是钱？你大哥身无分文，感情上一片荒漠。会不会是真爱啊？

田水说，真爱？那倒是个稀罕物。

我说，你跟你老婆不是真爱吗？怎么会是稀罕物呢？

他说，我也不知道，有时候感觉是，有时候又感觉不是。

所有的人从生活中都有得到的，有的人知道了，有的人装作不知道。虽然我跟田水是朋友，家家有本难念的经，他说得模糊，我又何必非要问清楚，毕竟是人家的家务事。

田水和他母亲天天都要去的公园，离我们家也就两站路，我们也经常去那里。只不过他们是生存，我们是生活；他们是为了更好地生存，对于我们来说，去公园就意味着有时间可以闲，有心情可以闲，可以更好地生活。边工作边休闲，是多少人辛苦努力而无法实现的生活。那天，我特意约了一个客户在公园里见面，他有个非让我接的案子，我倒觉得他应该看开些，没必要打官司，退一步便可以海阔天空。

我在公园门口等他，希望他能在惬意的春风中，心胸忽然宽广。田水的母亲站在对面，摊位上没有再摆放月季，脸上仍然毫无表情。我的客户还没有到，一个胖女人身子颠簸着朝这边跑来，像一只伸长了脖子狂奔目标的鹅。她扑到目标后，毫不犹豫，伸手就打。

她的目标就是田水的母亲——我对面那个风烛残年的老人。那个老人瞬间爆发了力量，狮子一样扑了出来，将胖女人压在了地上。胖女人挣扎着将老人掀翻在地上，要打人的手还是被老人紧紧攥住了。她骂起来，你这个老不死的，你竟然鼓励你儿子找小三，大家都看看，这个老不死的支持她儿子找小三。

我想打电话给田水，要是你遇到了这种情况，你估计也会毫不犹豫地把她的儿子喊来。这是最直接也最简单的办法。可是他来了，只能在嫂子和母亲间，也就是现任的嫂子和小三间，选一个站队了。他的站队，会把家庭矛盾推向一个更深的层次。他动手打胖女人是犯法，不打胖女人是失了做儿子的责任，于他怎么样都是不好。

我没有犹豫，直接打了110，说有一个年轻人可能是因为家务事在公园门口殴打老人。警察到的时候，田水的母亲体力已经不支了，胖女人已经砸了摊位，耳光已经扇到她的脸上。她的表情仍然是木头一样，没有愤怒没有泪水，没有哀求和商量。

几天后我告诉田水，是我报的警，请他原谅我没有通知他。他说，那天我不在公园，你打了电话，我也没有警察跑得快。我问，后来怎么样了？他说，田山跑了，直接从胖女人那里跟那个保姆跑了，不知道是不是跟她回了农村。

我说你大嫂怎么样了？他说她啊，这会只是哭，知道后悔了，知道珍惜了，可是晚了。不过她也不吃亏，我大哥净人跑的，什么都没带走，也什么都带不走了。

我以为随着一个新的开始，这件事情就结束了。没想到几天后，田水家也开始闹了起来。还是因为他们的母亲，这次竟然拿出藏了很多年的私房钱，给大儿子在外面租了房子，事情做得十分隐蔽，连田水两口子也蒙在鼓里。

田水老婆说，你看你妈，竟然把我们当外人。

田水说，总不能让他们两个一直像仇人。

田水老婆说，你看你妈竟然藏着钱。

田水说，老年人都爱攒钱舍不得花。

他们两口子就为这事争来吵去了好几天，后来烦了，不再提这事了。

也就在这个时候，他们家忽然来了一笔横财。这笔横财也曾在我的手边晃悠过，终究我没有财运，没能抓住。就是他们家的老房子，几年前我不到三十万就能买下的房子，遇上了拆迁，直接补偿二百六十万。这是田水将近五十年的工资了。想想我买的那套房子，还正省吃俭用地还房贷，田水请我吃饭的时候，特意做了对比，让我只能无奈地说，没办法啊，没有财运。

田水也说，那房子地势低屋子潮出路又不好，买房子都想着住，谁还想着等拆迁赔钱啊，还好没有卖掉，人这辈子，很多事情真的是无法预测的，多少个偶然才能成就一个必然啊。

他那段时间一天天神采飞扬的，额间的皱纹都不见了。

我以为他的母亲也不需要再在公园门口摆摊了，可是有一天从公园门口路过的时候,发现她还在那里,木头一样老样子站在那里。也许是每个人的生活习惯吧,习惯了这样,有再多钱还是会这样的,这种事例我们听说过很多。

我想对田水说,他应该主动跟老人提出,让她休息一下,他们家真的不需要她再出来摆摊了。

还没有等我遇到合适的机会劝田水,他就来找我咨询问题了。来的时候他使劲地缩着脖子,反倒引起我的好奇,踮起脚尖去看,发现那里有好几道还在渗着血的抓痕。

怎么了?接受爱老婆教育了?

他长叹一口气,端起我桌子上的一杯水就喝。喝光了后我给他接了一杯,他又长叹了一口气,又喝光了。

怎么了?你们没打过架啊。

因为那笔钱,我来找你问问,她能不能一分也不给我?

房产证上是谁的名字?

我爸的。

你妈和他的夫妻关系有解除的法律依据吗?

她把他剁得那么碎——她那么恨他——

可是他们是夫妻,法律上真正的夫妻,你们都是房子的第一顺序继承人,这笔钱该有你的一份。

她已经宣布那二百六十万全部给我大哥,以后由我大哥养老,不用我管。田水说的时候,眼睛里有眼泪开始打转了。我能理解他的痛苦,不仅是钱的痛苦,还有被抛弃的痛苦。

这算什么啊,你不是她儿子?

我以为是,看来真的不是,要不然也不会这么干吧,我老婆和我一起去要,没要过来,回家就把我打成这样,还说要跟我离婚。

理由呢？你母亲这么做，总要有个理由吧。

是的，她有理由，她说我们什么都不缺，田山都这么大了，什么也没有，这笔钱要给他买房子娶老婆买车。

看来你妈的心里面，还是有田山这个儿子的，那他们这么多年都不说话，心里是不是很难受？

不知道，她从来没有在我们面前提起过田山、我父亲和那件事情，一个字都没有提起过。看来我不是她的儿子，我不知道是从哪里捡来的，我要真是捡来的多好，我跟他们就没有关系了，可是我活了这么久了，我真实地知道，我是她亲生的。

我看着田水脸上纵横的泪水，自己倒了杯水喝，然后又给他倒了一杯水。屋子里静静的，只有两个人的饮水声。直到我有预约的客户要来了，田水才站起身说，她不给我，我还得跟她打官司。老王，你说我要不要和她打官司？

一家人坐一起，再商量一下吧。我只能这么跟他说，心里也是很替他不平。

他走出了门口，又走了回来，说，我要和她打官司，拿回我该得的。

我和客户谈完，再看田水，已经走了。然后再没有提过要打官司。

田水的老婆当然不依，不仅和他打闹，到最后直接要离婚，态度很坚决，田水求救到我这里，我只好去劝。没办法，谁让我职业如此，朋友们都爱把事情往我这里推。

田水的老婆平时见了我很亲热的，那天却跟我拉着脸，恨恨地说田水有人生没人养没人要，她跟着他这么多年，替他生孩子养老人，到头来养的是狼不是娘，吃好喝好了，拿着钱给别人了。

嫂子，谁叫你这么能干呢？不能说因为你是女人就是你跟着田水，这些年应该是田水跟着你了，你的收入比他高，能力比他强，他什么事情也都听你的，一直在我跟前夸你呢。再说，田山现在也真是一无所有，做母亲的，有时候会想着照顾一下可怜的，她是希望大家过得都好。要是你们和田山的情况互换一下，我想她也会顾着你们的。

我说这话的时候，田水在跟前耷拉着脑袋，我能感觉到他对我这番话里对他的贬低很不满。

我可不就是跟着他吗？生的孩子随他的姓，户口本上户主也是他，凭什么我做了这么多，到头来什么都是他的——

眼看我的话又要引发新的矛盾，田水的丈母娘在一旁插了话，她说王律师的话是对的，女人就是女人，你再强势也还是女人。田水这孩子不错，这事不能怪他，要是离了婚，也只有别人高兴，苦的是你们俩和孩子。我决定了，这婚不能离，钱也不要了，咱家确实也不缺那几十万。但是田水，你以后不能跟你妈再有任何来往，死了都不能去。

他们的这个母亲，说话很有母亲的威严，斩钉截铁不容任何人辩驳，田水两口子都熄了火。后来听别人说，田水的女人是个傻女人，二百六十万一分不给她，她竟然说她不喜欢打官司，说那么多人为这事争得血头血脸亲情都不要了，钱能有亲情重要吗？

只是在公园门口，田水的母亲把摊位撤了。刚开始从那里走过的时候，觉得空荡荡的像是少了点什么，很快就习惯了。是啊，她只是他们的母亲，与我们每个人又有什么关系呢？人与人总是不一样的，我们都在自己母亲满满无私的爱里长大，这就足够了，这就幸福了。若能想到这种想法是自私的，我们就又会自圆其说，所有的爱都是自私的。

他们的母亲将自私的母爱给了田山，不得不远离田水。我以为她是跟田山生活在一起了，说不定脸上还有喜怒哀乐的表情了，毕竟那么大年纪了，多年前的事情应该已经淡忘了，她选择了帮助田山，不就是愿意遗忘过去的表现吗？

田水说，她没有跟他们生活在一起。我问为什么，田山不管她吗？他说，不是，没有为什么，就是想自己一个人过。然后他又说，她也没有要和他们一起生活的理由啊，她就是跟我们生活在一起的时候，我也感觉她是自己一个人在生活。

我说，你们真的不打算管她了吗？田水说，真的，我感觉我们就是生物学上的母子，只是有血缘关系，没有一点感情。我说不就是为了钱吗？还扯到生物学。田水说，是的，钱不能代表什么，至少能代表她心里有没有我。生物学上的母子，也是从别处听说的，现在流行这个。

我顿时感觉自己好落伍。

这便是时代了，时代是个大队伍，队伍里总有人在前有人在后。作为田水，能这么看得开"儿子"的概念，应该是走在队伍前面了。不过他们的母亲一个人生活，田山每个月都要给她一千五百元的生活费，也够她花了。一千五百这个数字，大概是田山根据居民生活最低水平约定出来的吧，毕竟什么事情都要有个标准的。可是父母的爱呢，有标准吗？他们，我们，该怎么回答？

时间过了半年多，又是春风起的时候，我在公园的北门看见了他们的母亲。还是那样的摊位，还是那些东西，只是从公园的南门挪到了北门。她的头发还是花白，衣服还是那几件，脸上还是没有表情。摊位前偶尔还是会有些月季花，纸牌子上写着——每棵二十元，那些花很快就会被人买走。

田水说田山不管她了，钱给了半年，就嫌多了，不给了。我说过分了吧，赡养费他应该给的，要不要我帮你起诉他？他说不用管，反正她也饿不着。

田山新娶的老婆和前夫有纠纷，他来找我咨询。我回答完他的问题后，淡淡地说，你妈现在还是一个人啊，没有人管？

田山说，她不愿意跟我们生活在一起，给她钱她也不要。

是真的？

是真的。她说住在我们家，总是做噩梦，她说花我的钱，她也做噩梦。

田山仍然也是一口一个"她"，说这话的时候，脸上带着习惯性的笑容。

他们的母亲就这样和他们都分开了，和他们说话最多的候，大概就是昨天了。

昨天和往常冬日一样，太阳平淡，人们的热度要靠衣服和暖气。田水老婆怕有什么事情要公证，把我喊了去。他们的母亲躺在医院的床上，静静地躺着，看见两个缓慢走来的儿子，眼睛忽地就落下泪来，泪珠悬在脸上，像是经过时间的孕育，朽木上长出了蘑菇。她看着他们说，想跟他们的父亲葬在一起，虽然她对不起他们，求他们一定要这样做。要把一直戴在手上的戒指留给她，她要带到那边去，戒指是他们父亲用了一个月的工资给她买的，她很喜欢，她要带过去让他看看，多苦多难的日子里，她都还戴着。别的就什么也不要了，人总是要死的，死了就可以和死去的人在一起了。他们两个都大了，她在他们身边是多余的，她要走了，希望他们好好地生活。

她闭上眼的时候，两个儿子都表情平静。我和他们告别的时候，他们仍然表情平静。所以今天在送葬的时候，我听着他们撕心裂肺的哭声一度怀疑是假的。可是以我平时对他们的了解来看，他们兄弟俩不是虚伪做戏的人。这会儿一个哭得浑身哆嗦，一个还哭晕了一次。他们两个哭喊着：妈——妈呀——妈啊——我的亲妈啊——

我以为自己只是尽朋友之谊来送葬的看客，但他们的悲伤让我也跟着流下了眼泪。

墓园在郊外很远，他们一路上都没有止住哭声。在冬日的枯草里，他们父亲的墓在一大片墓中沉睡着，他们的哭声打破了这片墓地的安静。墓顶打开后，露出了他们父亲的骨灰盒，右边的位置空着，等着他们的母亲。如果让他们的父亲选择，不知道会不会选择他婚后喜欢的那个人睡在旁边？

他们的哭声在见到他们父亲的骨灰盒后，戛然而止。旁边却有另一阵轻微的啜泣声，强忍着的微弱的啜泣声。是一个拄拐的老人，站在墓的不远处看着，浑浊的泪水在脸上纵横流着。

人群里有人小声说："是他吗？""是他。""腿被打断了？""听说一直没结婚。""也怪痴情。"

葬礼结束后，田山先走过去和他握了手，田水紧跟在田山的后面和他握了手。然后大家就一起在太阳的斜照中将墓地留在身后。一大片色彩斑斓的蝴蝶不知从哪里飞来，随风在墓地上起舞，然后又随风而去。

所有人谈论起这场葬礼的时候，都不会谈到这些蝴蝶，因为他们没有看见。

黑　狗

黑狗在房顶上趴着，一天两天三天，主人赶它它不下来，却扬起锋利的牙齿瞪起凶恶的眼睛冲主人汪汪大叫。主人很生气，有种指挥不动的感觉。这时候有人在旁边说，黑狗上房要有祸殃，主人拿了根木棍，趁它不注意，把它打死了。看着它横陈的尸体，想起往日的相依相伴，主人心里很痛，没有舍得剥皮吃肉，把它埋在了城东的一片荒地里，荒地的不远处有一条河，河边开着一些五颜六色的小花，几只白色的羊在野花间低头吃草，它们对他走过去的脚步毫不理会，他对它们的不理会感到茫然。他想在河边采一束野花放在黑狗坟前，发现野花有很多都是自己平常没有见到过的，说不定是自己老婆喜欢的，就攒成束拿到了车里，走了很远，感觉没有给黑狗表示些什么有点遗憾，又不愿意返回了，就想着等第二年春天吧，再来看它一次，一定放束野花给它。没有等到第二年春天，主人家就遭了横祸，房顶上垮下一块水泥板子，刚好掉在床上，他们一家三口都在床上睡觉，而掉水泥板的位置，就是黑狗趴在那三天动也不动的地方。

　　这是我的小说《黑狗》。我写作多年发表小说多篇，在一些人眼里，我是个作家了。什么样的人才能称为作家？我不知道，我就是个编故事赚稿费的人。我总认为，故事和小说之间，还有着一段西天取经般的距离。大概杨希东也是这么认为的，他的杂志从来不发我的小说。我们是很好的朋友，他请我喝酒打牌，甚至还一起谈到除了老婆以外喜欢的女人，不过只是聊了聊，两个男人在一起聊这个，交情已经到了思想和灵魂的深度，可他看不上我的小说，我每写一篇给他看，他都会说，王兄，恕我直言，你这个故事一如既往的假，太牵强，既无生活逻辑，又无人性复杂，没有文学性和艺术性。

我写《黑狗》的时候，想到投给他试试，那就不能写到这里就结束了，还要继续，否则小说就不能发表，不能发表的小说，如同不能出生的生命。我接着写下去。

水泥板掉在了床尾，男主人正躺在床上看手机，不及躲闪，腿被砸断了，他在家休养了半年，春风开始敲窗，他的心思乱晃，想起了那条通体全黑忠心不二的狗来，他遗憾没有给它起个娇贵的名字，一直叫他黑狗，黑狗也算是名字吧。它是发现了这场灾祸吗？而它因为发现了又说不出来，奋不顾身地趴在那还被当作灾祸打死了，那心中该有多委屈？男主人觉得应该去看看它，甚至想在它的坟前流下思念的泪水。他想给它带些它爱吃的，买了些以前觉得昂贵没舍得买的狗粮，他也明知道它是吃不到的，还是买了，觉得这样能安慰一下自己歉疚的心。他带着大包小包的狗粮去了那片荒地，小河水流潺潺依旧在那里，荒地已被耕种了，大片的油菜花金黄夺目，蝴蝶蜜蜂成群嬉戏，他深吸一口气沉醉在其中，找不到黑狗的坟在哪里。他去的时候是中午，肚子也有些饿了，他找了许久，饥饿像山一样拖沉了他的双腿，他扔掉了狗粮，再贵的狗粮也是狗粮，他不能吃，虽然闻着味道还可以。他疲惫不堪地回去了，又开始了自己的工作。匆忙日子的间隙里，想起那块楼板带给自己的伤痛，就总会想到黑狗。隔了一段时间，他又去了，那地方被围了起来，挖得乱七八糟正准备盖房子。他知道永远找不到自己爱犬的墓地了，也没有留下黑狗的照片可供凭念，一年又一年，慢慢地，他忘记了自己的黑狗。

当然，杨希东看到这里肯定会质疑，既然是爱犬，为什么没有留下照片？留下照片有什么用？找到墓地又有什么用？讲一个这样的故事又有什么用？我说，这是人性啊，他在怀念他的狗。杨希东说，那他在举起棍子的时候，是那样的冷酷无情。我说，他能够带着歉疚的心走到这里来，已经是爱了，不管黑狗还是白狗，在主人的眼里只不过是一条狗，它献出了忠心，不也还是为了这回眸一爱吗？存在时不知道珍惜，失去时才发现很重要是人的通病，小说不就是想像镜子一样照出人看不到的东西？若在死后还不能称之为爱犬，那主人养狗就没带着一点爱心了，现在又不用狗来看家护院，那他养它做什么？它就是他的爱犬。

杨希东说，房子太大住不了，东西太多吃不了，路边偶然捡回来准备逗几天再扔掉，都是养狗的理由，甚至还有人养来打死吃，像养鸡养鸭一样。再说，也可能就是因为黑狗趴在那才导致了房顶垮下来一块啊，不是总有些人认为什么都是别人故意的吗？读者有很多，不能排除有人有这种想法，为什么男主人就忽然认为黑狗是想拯救他们呢？不过是一种善良的想法罢了。

我说，可悲的永远是没有爱的人，这世上的万物都是相互爱着的，共生共存，狗和人都不过是其中的一种。还好这世上就算是没有狗也没有人了，也还有爱，爱会永远传递下去，别说爱看不见，空气土壤里满满的都是，爱能改变一切的。所以男主人养它，它就是爱犬。杨希东说，编得牵强附会，就算勉强说通了，这样的故事能吸引读者吗？你看到的，大家也看到了，你想得到的，大家也想得到，这样的故事有什么？我说，好吧，那我换个视角写，你再帮我看看。

我在屋子里冥思苦想，把以前的都删掉，重新写了小说《黑狗》。

黑狗也想过自己应该有名字，黑狗只是自己的样子，一条全身黑色的狗，所有全身黑色的狗都是黑狗，可是主人只是称呼它为黑狗，它就想，这也应该是自己的名字了，虽然它知道遇到同样的狗，主人一样会称它为黑狗，它仍觉得自己在主人心中是独一无二的。它从一生下来，就在主人家中了，主人的家就是它的家，它离开主人的家必将身无可依心无所系流浪街头被众狗嘲笑被众人追打。它倒不发愁饿死，它看见过众多流浪狗东一顿西一顿自己混食吃，垃圾堆里扒扒捡捡也能吃饱。不过它还是愿意做一条有主人的狗，吃也有吃的尊严，被人喂和自己扒捡，不是同一种性质。它是一条公狗，春到容易发情，有次还忍不住露出了丑陋的突起，虽然本性只是突现了一下，男主人就找人把它阉了。它忍着剧疼身子哆嗦的时候，他紧紧抱住了它。它就认为，爱能战胜一切疼痛，它还真的不疼了，失去了做爱的功能也去掉了可能会再暴露本性的麻烦，它就静静地享受主人给的爱吧。

　　有一天它跳到房顶上观天，发现天那么大那么蓝，与它在院子中看到的一点也不一样。它有点恐惧，那么远那么大的天空，会不会掉下来砸着主人？它忧心忡忡地在房顶徘徊，俯下身子侧耳倾听异响，竟然发现了房顶真有条裂缝，虽然在绿苔的掩映下人眼看不到，但它有双狗眼，它有着狗能感受未来危险的天性。它趴在那条裂缝旁边，希望主人能看到，一天两天三天，主人终于发现了它的不正常。上房顶上去拉它，它着急了，它要告诉它那条缝，它汪汪地叫着，忘记了平时的温顺，露出了森白的牙齿。

　　它没想到，主人会把它打死。主人是个好主人，没有剥皮吃肉，对于一条狗来说，死后被剥皮吃肉太正常了，而它又是一条肥狗，黑亮的皮毛也能卖不少钱。主人给它选择了墓地，虽然草草地埋得很浅,它还是很感激地目送他离去,看着他在河边采花,高兴地走开。它才开始伤心,它怕以后永远见不到他了,它怕会被他遗忘。它是他的一条好狗,它为他的家庭付出了生命啊。还好那场意外发生了,它在心里感到高兴,瞧,终于来了吧,我是对的被证明了吧。不过它也明白,要是没有发生意外,它的死是白死的。它就在坟地里等着主人来向它道歉,只用一个道歉就可以了,它的狗魂就能安息。春天来了,主人也来了,他在金黄的油菜花间迷了路,他走走停停,被蝴蝶蜜蜂吸引了目光。他走了,没有找到它就走了,它空空地等着,一天又一天地等着,它流过泪,但更多的是希望,它相信主人不会忘记它。

它的墓地被铲平后,他又来了,它真的很高兴,他还是没有忘记它。它感到自己活在了他的心里,永远,为狗一场,这是最大的荣幸。其实它很清楚,遇到同样的事情,它还是会有同样的遭遇,它还是安慰自己,成为一条不朽的狗死亦何悲呢?虽然这条不朽的狗连葬身之地都没有了。

不过它终究没有明白,它发现的那条裂缝在它死后仍然还是那条裂缝,所有的事情还是无可避免地发生了,它发现了只是它发现了,又起到了什么作用呢?

我写完后把稿子又发给了杨希东,他很快读了,并且回复,王兄,感觉《黑狗》太玄太空,缺乏成立支点,没有表达出你想表达的观念,此稿暂不用吧,有好稿子欢迎再投来。

我说,为什么?我感觉这条狗写得蛮真实的啊。

杨希东说,你看看满大街,不都是这样的狗?这条狗跟别的狗有区别吗?没有。这条狗有自己的特点吗?没有。生而为狗不就是这个狗样,你这样写,还想等那些狗自己警醒吗?不会的，它们四肢着地，本就是狗性。你能把狗写成直立行走的，才有特点。

接连被退稿的心情很是难过，感觉世间万物都是空空荡荡，笔下的字都是骗人的，写下去毫无意义，活下去也无意义。我就打开了一瓶酒，高度的，杨希东的同学从陕西带给他的，他说不要，他一向不喜欢拿别人的东西，可是那个同学一直追到了火车站，这是深情啊，推不掉。我想要喝掉它，就像喝掉杨希东对我的批评，他不知道说假话好听，批评会让人心里难过。我要喝下难过，再把难过变成尿液粪便排进下水道冲走。不过也有些担心，这种惧怕批评产生的难过，会不会通过下水道传进千家万户，毕竟下水道都是相连的，为一些文字影响别人的心情就不好了。还好，我喝了两杯就醉了，喝醉是不是更适合写小说？毕竟一直传说李白斗酒诗百篇，我借着醉意又重新写了《黑狗》。

因为王清海最近总说要写一篇小说叫《黑狗》，杨希东无端地想起自己童年时候，村庄辽阔鸡鸣狗跳，自己那时候也养过一条狗，一条皮毛金黄的土狗，那么乖那么温顺，与自己终日里形影不离，突然消失不见的几天，他暴跳如雷，到处痛骂偷狗贼。想起这些，心里一片柔软的地方蠢蠢欲动，他要买条狗。他在市场上转了很久，都没有找到黄色的土狗，要么是大狼狗要么是小宠物狗，他以为童年的狗也和童年一样一去不返了，却碰到一条土狗，还是白色的，他不喜欢纯白色的，就没有买下，继续往前走，在市场的尽头左拐，才遇到一个留着长胡须的白发老人在卖一条花色的土狗，像是一幅泼墨的山水，黑白相间很是好看。他问价钱，老者说送你吧，你好好待它就行。他心中甚为奇怪，不敢带走，直到老者喊出五十元的市场价时，他才敢买下。毕竟是买与卖，不收钱怎么叫卖呢？

杨希东的这点和王清海一样，旧的去了会怀念，旧的出现在面前的时候，未见得会喜欢，还是会按照自己的要求去挑选，有时候自己都不知道，旧时光已经刻在骨子里，纵然再仔细挑，也只不过是旧时光的又一番轮回。这也没办法，时间不就是在表上转啊转，一圈又一圈，来回地转？

他给它起名叫黑狗。王清海的《黑狗》还没有写出来，杨希东就已经养了黑狗。王清海给他投了那么多小说，他都看不上，王清海要写《黑狗》，他不知不觉就记在了心上，他仔细想了想，大概还是因为这两个字直接打进了他心里。他看着他要怎么写。王清海也有过童年农村的生活经历，他希望在《黑狗》里能看到童年的自己。可是王清海写了这个又写那个，就是把《黑狗》放一旁了，这让他很失望。其实人家早就告诉过他，不要去等，要去发现。偏偏杨希东是个喜欢等的人，他错过很多稿子，他就等着《黑狗》。

黑狗一天天长大了，开始他还能抱着它，后来他得牵着它，再后来他得拴着它。抱着它的时候，他很珍惜；牵着它的时候，他很幸福；需要拴着它的时候，他就觉得黑狗是多余的了。他不想让自己的黑狗成为多余，就给它解开了绳子，允许它在院子里乱逛，但是不能走出院子，因为邻居大胡子来找过他，说黑狗在他们家门前撒尿。他知道不是黑狗撒的，是住在前排的一家，不知道为什么，那家的一条牧羊犬总是爱跑到大胡子家门口撒尿。他告诉了大胡子，大胡子说不可能，那家那么有钱，怎么会容忍自己的狗跑到后面来撒尿？他对这种无理的推论感到很堵心，可是大胡子人高马大不认识字，不讲理爱占上风，杨希东觉得和他理论，自己会吃亏。光棍不吃眼前亏。虽然院子限制了黑狗的自由，却给自己带来了安全。明知道沉默是错误，却还是选择不发声，这样的人也不只是他和我。

黑狗显然很理解他，并没有跑出院子，却蹿到了屋顶上，趴在那，动也不动，吃也不吃。一天两天三天，杨希东得天天把它往下面拉，而它，凶恶地对他瞪起了眼睛。他很生气，还有点恐惧。大胡子也知道了这件事，他说，杨文化人，你家的狗是叫黑狗吧，我可听说了，黑狗上房，是要招邪招灾的。他起初不在意，觉得这是封建迷信，可是大胡子还特意又跑进他家，说了种种诸如黑狗招灾的传说，连来了两次，让他心里非常不安。他甚至想起了买黑狗时的种种反常。他终于忍不住了，他想把它送走。

我写到这里，是想写杨希东把黑狗打死了。可是想想他那露着龅牙阳光灿烂的笑容，觉得他是干不出这种事的。是吧？乱写也不能把人写得那么坏。我就写道，他请大胡子吃了顿饭，让大胡子用木棍把黑狗打死了。当然，那个时候，他是躲起来了。他在我心里，毕竟是个善良的人。

黑狗死后，大胡子要把它拖走吃掉，杨希东不让，他开着车把黑狗拉出城很远，埋进了一片荒地里。而他的家，在黑狗离去不久，在黑狗趴过的房顶上垮下一块水泥板，虽然没有砸到人，家里人还都是惊出一身冷汗，他们想，要是半夜里刚好掉在床上呢？黑狗趴在房顶上是不是发现了什么？杨希东去房顶看了看，还真的发现了一条细缝，位置也就刚好是黑狗趴过的地方。他把这个发现告诉了大胡子，大胡子惊得当夜发烧，从医院回来后，一定要去给黑狗上坟。他就拉着大胡子去了，可他自己也搞不清是在哪片荒地了，他们找了很久，都没有找到。从此，那条黑狗就成了街坊邻居间的一件奇谈，大胡子不敢再住在那了，贱卖了房子搬走了。我问杨希东要不要搬？他笑而不语。

我酒醒后，揉揉脑袋，觉得杨希东确实养过一条黑狗，这个小说，只不过是我对他的一个回忆，难怪他对《黑狗》看不上，肯定是我触动了他心里的东西。我将这个想法在微信发给他，问他是不是真的。

他马上回复了，当然是假的。我从来都没有养过狗，再说，我家住的也是单元房，楼上有人家，你说，黑狗怎么趴到我家屋顶上？我长出一口气，我生怕这是真的，那么，这条黑狗将会是多么悲惨的结局，世上有很多事情都有悲惨的结局，少知道一个，就少难过一点。

杨希东说，这个还不错，写出了人性的复杂，要不你再改改，我给你送审试试。我说，要怎么改？

你应该写王清海养了一条黑狗，养得又馋又懒，终日趴在房顶上，王清海一生气，把它打死了。由于在房顶上用力过大，房顶垮了下来，只好挣钱修房子，又没有力气又没有技术，天天编故事赚稿费累得狗一样。一天散步，王清海看到了跟在主人后面幸福浪漫的狗，忍不住心生恻然，觉得自己活得猪狗不如，下辈子还不如直接做条狗更幸福，但是又觉得不甘，好容易成人了，怎么还想要做狗？

我说，这不全改了吗？杨希东说，你不觉得这样更真实吗？而且故事对撞强烈，更有吸引力。我说，你是不是觉得我就是那条黑狗？杨希东说，我总觉得你是在写我。我说，我改，咱们去喝两杯庆祝一下？他说，可以啊，这么晚了，不出去了，我家里有酒，来吧。我就去他住的小区找他。那刻已是深夜，街上空无一人，冷风响在我的脸上，我缩起头，寒意穿过身体，我裹紧衣服。

他的小区大门紧闭，也没有门卫值守，我怎么进去呢？在门口徘徊了一阵，我看到门开着一条小缝，我试了一下，勉强能过。我就弓腰塌背，惶惶然钻了进去，那一瞬间，我觉得自己像极了一条黑狗。

我夹着尾巴跑进了杨希东的家，他开了一瓶好酒等我。他说，我以为你这辈子都写不出真正的小说了，你写小说和你过日子一样，总在逃避自己，你终于敢对自己说，这些年活得狗都不如，你也是个体面的文化人，这要放下多少高贵和自尊，改一次就朝人的灵魂多走一步，我以为你这次又是走到人的面前打个招呼就停住了，没想到走进了心里。我说，不对啊，我活得人模人样，你也人模人样，虽然写作是为了寻找自己的灵魂，也不能说把狗写成人把人写成狗就成了好小说啊。他说，当你敢面对真实的自己，你的写作就真诚地拥抱了世界，世界也会真诚地拥抱你。我说，小说，都是小说，虚构的，不要放在心上。他说，嗯，来，我们干一杯。我为自己写出了满意的小说与他相拥而泣，喝得酩酊大醉。

天亮的时候，我对杨希东说，这个小说虽然我们满意了，我总觉得小说自己不满意，就像《黑狗》，我不明白是为了写而存在，还是为了存在而写。杨希东说，那你是为了写而觉得满意，还是因为觉得满意了才写。我说，我再试试吧。我在满城的太阳中告别了杨希东，回到了家里，时间真是个奇怪的东西，夜晚带给你的感觉和白天给你的景象，是完全不一样的。

黑狗趴在房顶上，看着那条裂缝透出的光亮，裂缝里的屋子和它走进屋子看到的完全不一样，它随便变换一个角度，屋子就是另一个形状，从高处看的感觉，就是不一样。它想，主人比它高，主人眼里的它，也一定是随时可以变换形状的。这些形状应该是固定的，为什么要随着看的高低不同就改变了呢？它想不明白。它趴在房顶上使劲想，很饿，它想下去吃点东西，可它怕吃了东西后再也找不到这条裂缝，它不知道自己是从哪里来的，它也不知道自己将要往何处去，它也想过这些问题，每次都让它很迷茫，它更加不愿意失掉现在，它的现在就是这条裂缝，能让它看到没有看到过的风景，能想到很多没有想到的事情。它在饥饿中，看到裂缝在慢慢扩大，它意识到了危险，裂缝是要吞噬这间屋子。主人来叫它，它想要告诉他，如它以前要告诉他的很多事情一样，主人听不懂，细想想，它也未曾听懂主人的很多意思，他们就是在一片模棱两可中沟通，这种沟通终于制造了危险，它开始冲主人大嚷，危险——

　　主人拿起一根木棍，砸死了它，它终于明白了，所有的一切思考，都将终结于生命，自己从万物中来，又回到万物中去，万物都是这样。

　　我写完后，不敢将这一稿再发给杨希东，默默地留在了电脑中。既然他已经决定发那一稿，活着的就是那一篇《黑狗》，留在电脑里的《黑狗》是活着，还是算死去，我不知道。

石凉粉

我妈把我领进了屋子，对满登登的人说，都出去一下吧，老何交代了点事，我得守着他单独说给阳阳。屋子里一下子空了很多，王爱云拉着儿子，站在我的旁边。我说，你们也出去吧。我跟王爱云是大学同学，她是女同学里少有的不嫌弃我说话哑着嗓子的人，从相恋到结婚我有什么话都跟她说，除了没有告诉她为什么嗓子会哑了，我觉得说不出口。她没想到她也在需要出去的人里面，她看了一眼我妈，见我妈面无表情，还是拉着儿子出去了。儿子八岁了，从小跟我爸亲，听说爷爷生病了，就一个劲地闹着回老家，我说我不回，他就闹他妈，这是王爱云比我先到家的原因。我爸也真是的，儿子出生后都没有回来过，他硬是让儿子比我记得都清楚，西安是我们的房子，何庄是我们的老家。儿子出去的时候，直着脖子朝我看了一眼，黑白分明的小眼睛瞪得滚圆。

　　只有我们三个人了，我妈和我活着，我爸已经躺在了水晶棺里，屋子里被水晶棺制冷的嗡嗡声重新塞满。我看着我妈，我妈看着我，我们站了一会，我说，我买的时候已经知道他吃不上了，还是给他买了。我妈说，是哪一家？我说，晕着找的，也分不清哪家是哪家，反正这东西只有信阳有，信阳一共也没几家了。我妈说，那就好，也算买回来了，你爸走时候说了，让你扇他两耳光，他心里已经堵了半辈子，不想让你再堵半辈子。我说，他这是后悔了？我妈说，你爸说他是村里出去打工唯一一个能在大城市买了房的，他把儿子带到了大城市吃得好穿得好，他的儿子是何庄唯一一个重点大学毕业的，生活得体面，他这一辈子，没白活。我说，我是问他有没有后悔？我妈说，他没有说过他后悔，你刚进家，外面的人还等着你一起哭呢，孝子进家不哭一阵，后代里容易出哑巴，你赶紧打吧，打完了叫他们进来。我妈说着，拉开了水晶棺，揭开了蒙在我爸脸上的草纸，他苍白的脸露了出来，脸上只剩了皮包骨头，他比离开西安前瘦了很多，闭着眼睛，像是在思考什么。我伸出手，一阵凉气扑过来。我的手又缩了回去。我妈说，打吧，这是他最后的话，棺材板一盖，你再想打，就是下辈子了。我没有动。我妈说，我也出去，你打完把水晶棺盖上，把石凉粉放供桌上，你要早回来一天，他就能吃嘴里，这大夏天的，走的时候也凉快点。我妈说完，也关上门出去了。

  我第一次吃到石凉粉那年十二岁，我爸应该还不到四十，在我印象里他一直是个很英俊的男人。他一回何庄看我们，就是打扫院子，我跟爷爷有事出去了，他还是一个人在家扫院子。村子里有很多我这样的小孩子，他们的父母一般是逢年过节回来，只有我爸喜欢夏天回来。他扫完了院子，就坐在院子里的树下，端着一个搪瓷缸子喝茶，树荫浓密，一阵阵蝉鸣。何庄有几个喜欢开玩笑的老头，说我爸出去了几年，成了棵洋白菜，沾不得泥巴了。那几个老头，天天坐在村头说闲话，庄上死人，在他们嘴里都能幽默成住地里不回家了。

  爷爷住地里后，我最后一次见爸扫院子，他用力扫起地上红色的炮纸、圆形的纸钱，地上的青草和土坷垃都被他扫了起来，扫帚划过的地方，成了一片苍白。他一边扫，一边催我快点。我有很多东西想带走，我的小人书、弹弓、木刀木剑，我一样都不想落下。他扫完地后过来检查我的行李，除了书包和几件衣服，都给我扔了出来。这个总可以的吧，我怯生生地拿着马鞭问他。他说，别带这没用的，路远，我们得转几次车呢。我说，爸，就带这一个，爷爷给我买的。他叹了口气，说，带着这个唱戏的东西，路上人都会看笑话一样看着你的。我将马鞭在手里绾了一个花，右手反手一背，左手做了一个撩襟的动作。这是我跟着戏班练了好久的动作，人人都夸我有天分，学得快。他说，都让你爷给教坏了，我应该早点把你接走。他夺过马鞭扔在了门后，白色的穗子扑在了地上。我开始哭，他递给我几本小人书，推我出屋子，关上门，锁上门。我还在哭，他拉着我的手，阳阳，听话。他的手很有力气，我不由自主地跟着他走，我一直跟爷爷生活在何庄，我不跟他走，也没有别的去处了。爷爷在邻村唱戏，唱《空城计》，站在桌子上唱，桌子一条腿断了，他从桌子上跌下来摔伤了，在家躺了半个月去世了。爷爷在家躺了半个月，也没有叫我爸回来，他认为没事，我爸也认为我们在家没有事。我爸是这么说的，不能怪他，他要知道了一定回来，他斥责我不孝的时候，我就拿这事回敬他，你孝顺？我爷爷死的时候一直喊你的名字，你在哪？

  我爸对我是真的好，我一路哭，他也没打我，要么轻声哄我走，要么抱着我拉着我走，我就一直哭到了信阳，在车上听到好几个人说，棍棒底下出孝子，娃们不打不行。我是有点害怕的，生怕我爸因此就掂起了棍子，还好他只是叹口气没有听他们的撺掇。下了车，一下子见到那么多车那么多人那么高的楼，我觉得那时候的自己就跟遇到了洪水一样，茫然失措又不自由自主，我爸就是我救命的树，我拉紧了他的手，不敢哭了。他就亲我的脸蛋，说，阳阳，我领你去吃石凉粉。我没吃过，满大街的东西我都没有吃过，他给我买了好几样，我一边吃一边跟他走，我们从汽车站走到一条河边的时候，我已经吃饱了，也走累了。我坐在河边的石头凳子上不肯再走了，他就也陪我坐在那里。他一直拖着行李，灰色的衬衣上一大片一大片都是汗。我说，爸，不吃石凉粉了。他说，要吃的，那个很好吃，只有这一片有,别处吃不到,你不想去了等我给你端来,不行,你一个人在这里我不放心,被人拐走了就麻烦了。他拿出一个白色的毛巾给我擦了擦额头的汗,毛巾上都是他的汗味,有点呛,有点咸。我高兴地坐在那里等他给我擦,是那种能暖到心里的高兴,我不会嫌我爸身上的汗味,甚至都觉得那是香味。他又去擦自己脸上的汗,擦了后将毛巾缠在手腕上,说,走吧,前面就有石凉粉。我记得很清楚,那天卖石凉粉的白胖慈祥老太太说,这个小孩长得真好看,我给你多放点薄荷水。她在一个玻璃罐头瓶里真的多舀了一下,加到我的碗里。透亮的石凉粉一块一块睡在水里,舀到嘴里,还没嚼,就顺着喉咙滑进了身体里,毛孔里都透出凉凉甜甜的味道。我爸看我吃得高兴,脸上也是带着笑。我爸说,娃确实喜欢,也不枉我跑那么远找过来。老太太说,还是去西安?上次来吃是去年吧,一家人的口味都差不多,你喜欢吃的,娃也喜欢。我爸说,上次我带了石花籽回去了,也搓出浆了,没点好,出来一锅汤。老太太说,一物降一物,分量不到降不住,你是没调好石灰水的浓度,你可以试试用牙膏点,味道差点,容易点成。我爸说,不学了,味道差一点就不是那个味了,还是路过的时候来吃吧。老太太说,你托我打听的事还是没有打听到,石凉粉不赚钱,都没有再指着这个生活,卖石凉粉的人家虽然不多,家家的人在外面干啥的都有,真不知道谁家有人是唱戏的。我爸说,没事,我就随口问问,看那个亲戚过得好不。我还要重复一下,我记得很清楚,我爸那次一口气吃了四碗。我看他吃得快乐,我也很高兴,这大概是记得很清楚的原因吧。走路上,我爸莫名其妙地问我,阳阳,你有没有觉得吃石凉粉的时候有人看着我们?我说,没有啊。我随着我爸的目光前后左右仔细看了一下,街上的人各忙各的，没有人看我们。

他在西安帮人看过大门，挖过下水道，在工地上打过零工，这是我爸自己给我说的。听我妈说，他还在火葬场抬过死人，还卖过血。然后他们的共同语言就是，都是为了我，为了能在西安给我打好基础，不再像他们一样，结了婚就出来打工，孩子扔在家里，想的时候只能看照片。他们床头的抽屉里，放着我的相册，我翻着他们翻过的相册，大叫，爸，这些是我吗？我自己都没有看见过。我爸说，好多你小时候的照片都是照了后就拿来了，你当然没见过，你小时候白胖，庄上的人都说你富态，像个城里人，爸和妈拼了命在西安扎个根，你才能真成城里人，你可得争气，好好上学，考个好大学光宗耀祖。我妈插了一句，挣大钱养活我们，别像你爷一样，连你奶都养活不了，跑到哪了都不知道，让你爸在村里被人笑话。我爸就瞪了我妈一眼，在孩子跟前不提这事不行吗？我妈就闭了嘴。我爸说，你没看我回村都不出门，不是逼得没门，就都不要回去了。

我爸和我妈说的扎根，就是在大雁塔北边开了一家一间门面的小超市。那里是个旅游区，中国人外国人络绎不绝，生意也还不错。我爷去世，只有爸回去了，妈都没敢离这地方，这是所有的亲戚一致同意的，坚决得留一个人在那，死了的已经死了，活着的还要更好地活下去。他们还在西安买了一套80平方米的小房子，从这间屋子出来就转到了那间屋子，转来转去就是在屋子里。我的生活就是在屋子里转和写作业，不是在家写作业，就是到店里写作业。我开始怀念何庄，我在院子里翻跟斗，抖擞着马鞭转场子，家里的鸡狗和我一样会疯跑，还会自己跑回家。我会跑到村东的河边，河水清澈，能看见鱼在水底伸脑袋。我站在河边，大声喊"汉刘备离荆州满腹惆怅——"

我的嗓子喊哑了，继续喊，有好几天哑得说不出话来，爷爷说，哑了再喊出来，以后就不会哑了，这叫拔嗓子。河边的青草青着，鸟儿飞着，我的嗓子从哑中喊出清澈，跟水流声一样透亮动听。我开始学唱腔，"汉刘备离荆州满腹惆怅，汉刘备坐龙舟满腹惆怅，但不知何日里转回荆襄——"，这几句唱段里声音迂回曲折，我每喊一遍都觉得浑身畅快。何庄的戏班子也看上了我，只要有跑龙套不限年龄不限身高的角色，都把我拉上，他们说我将来一定会是他们的台柱子。爷爷也说我很有天分，他年轻的时候这几句没有我拐得圆润，在"惆怅"两个字上换气还不如我自然，只要在变声期保护好嗓子，一定能唱成角。我觉得自己只要一亮起嗓子、一端起身子，就成了与人不同的人，我很想保持这种感觉。我在西安憋了一年，路熟了，胆大了，自己跑到公园里喊嗓子，喊到"但不知何日里转回荆襄"，顿觉胸口一热。

我跟我爸说，我想回何庄了。我爸说，谁管你上学谁管你吃饭你被人偷了被人打了怎么办？在西安有房子有生意，这边教学质量也高，何庄多少人想来都来不了，以后这里就是家，你不要再胡思乱想。我说，我想回家，家里住着舒服。我爸说，你再闹就打你，看你的成绩，一开家长会我都想躲起来，你能不能给我争点气啊，就你这成绩，将来考不上大学怎么办？回何庄种地去还是跟我在店里卖东西？我好不容易把你从何庄带出来，你将来给我混成这德行，你叫爸的脸往哪搁啊，少爷。

我爸明显是生气了，说话已经从柔声细语变成了冷嘲热讽。这让我不安起来，我不敢再和他提回何庄的事，他是那么高大，他的巴掌扬起来，我是无处可逃的。虽然我想和他对着干，但是没那个胆量。我真的想不到，他会在自己生了场病后要带着我妈回何庄，脑血栓，差点死了，落了后遗症，一只胳膊一条腿稍微有点不灵便，但还远不到像他说的，落叶归根不想死在外面。王爱云劝都劝不住，私下里怪我一直对我爸拉着冷脸，平日里他什么都能干，我拉着冷脸就算了，他这生了病，更怕我嫌他，他是躲我。我在心里明白，他也确实是躲我，我也劝，爸，西安医疗条件好，你回何庄，真再有个什么病，离最近的县城也得六十里，怎么办？多少有这样后遗症的人，想住到城里都没咱们这条件呢。我爸见我劝他，很高兴，说，我回去吧，老宅子你翻修得那么漂亮，没人住浪费了。我知道该怎么留他，比如说，孙子需要你照顾；比如说，家里还有些什么事需要他做。我能说出很多让他顺坡下驴的理由，我太了解他了。可是我没有说，我不想说那么假的理由，那些事情，我离开他都可以。我其实在心里也希望他走远点。

何庄就像有一根绳子，一直拴着我们，不想回来，还是得回来。他回来了，我也回来了，我的手触到了我爸的脸，冰凉迅速传达到我的全身。他的嘴稍有点张开，我凑近了，是一阵凉气，我替他合了一下，他闭上了，又执拗地张开了。我说，爸，我真的恨你，你让我失去了我最宝贵的东西，你觉得我打你两耳光，我这辈子就能找到自己了？不是，我打你两耳光，还是替你找儿子，你的儿子已经死了，回不来了。我轻轻抚了他的脸，替他蒙上草纸，拉上了水晶棺，打开了门。外面的人都陆续走了进来，一阵大放悲声，我看见了很多熟悉或者陌生的人，都在痛哭，边哭边说着我爸的勤劳善良，说着他们对他的思念，我也忍不住了，号了一声，爸啊——

声音冲了出来，沙哑、含糊，混在一大片哭声里，没有一点声音。

我跪在地上哭得站不起来，王爱云扶着我，一个劲地号，脸上跟老旱天下了毛毛雨一样，是啊，又不是她爸，还能指望她也哭得稀里哗啦？人哭了一阵，该收声的收声，该擦泪的擦泪，王爱云把我拉到了外面，气呼呼地说，何阳阳你个瓜娃子，你在路上磨蹭啥，我都到家两天了，你刚到家。我说，我想给爸买石凉粉吃，我到处找石凉粉，这事妈也知道。她说，我回来时候你爸已经说不出话了，眼睛睁着，他在等你啊。我说，石凉粉不好买，西安没有，我又跑到信阳，转了半个城才买到的，还不知道口味对不对，现在好多东西都不是以前那个味了。她说，那也用不了两天，就那一口吃的，能有多好吃？你爸是等你，不是等这口石凉粉，你这个理由说出去谁信？买棺材选墓地摔老盆，你是他儿子你不回来等谁干？他还不如不要你哩，不要你了，别人就能当家，这倒好，后事都得等着你，我一个劲地给别人解释你有事你有事，我说不出来你有什么事，你有什么事能比你爸死了还重要？这节骨眼上，你装也得装出孝顺样啊。我说，我总算给他买回来了，我心里少个疙瘩。她说，这是你爸，不是我爸，你拖着不回来，不见他最后一面，你心里落不落疙瘩，你自己清楚。我朝屋子里看了一眼，屋子里的哭声都止住了，一片安静，死一般地安静。我心里知道，这次我爸是真走远了，再远的路，没有比生死之间的路更远了。

　　初中毕业的时候，我觉得自己已经长大了，想走哪条路，自己说了算。我在书桌上留了一张纸条，找了一把钳子，拧开我妈床头柜的锁，拿走了里面的钱，又简单收拾了点东西就走了。我坐公交车到火车站，刚走到售票口，就被打的跑来的我爸给找到了。他在大庭广众之下就踹了我一脚，很多人的目光都被他的脚给引过来。我是不敢还手的，我倔强地昂着头，说，我就是想回何庄看看。我爸说，你那点小心思我还不明白，你说你想回去干什么？是啊，我回去能干什么？房子是需要人养的，没有人住在里面，老房子旧得快，漏风漏雨，院子里荒草丛生，我是能想得到的，我想再回到原来的生活，是回不去了。我最初是跟我爸说了实话的，我想回何庄唱戏。被他骂了几次后，我已经不跟他说我想回去干什么，我不说，他也很清楚我想回去干什么。我的学习成绩在他的威逼下，总算攀升到班里的前几名，我成绩跟不上的时候想回去，成绩让别人跟不上的时候还是想回去。我说，我想去信阳吃石凉粉，要不要给你带回来些？他当然不相信，可我是他的儿子，他眨巴眨巴眼，还是选择了相信我。我爸说，太远了，回去吧，爸学做，一定给你做出来，好吗？我说，你就让我一个人去旅游不行吗？他说，不行。然后拉着我的手就走，我已经有力气挣开他的手了，我不想在这人多的地方挣扎，丢人现眼的，结果也还是跑不掉。我很顺从地跟他回家了，他收走了我的钱，还给我留了一百让我零花。他不再让我单独一个人在家，他们去店里的时候，也要叫上我。我说，爸，你不让我去我就不去了，真的，离了你们，我还能去哪？我爸也说，你离了我们，真是得饿死。我说，是啊，你们是我的衣食父母，你不让我回去，我就不回去不就算了，用不着拴狗一样拴着我吧。我爸说，你还小，你不知道唱戏就痛快那一会，戏罢了人还得过日子，你掉进戏里了，别人就永远把咱们一家当戏看了。我说，爸，我真不懂，你不用跟我说那么多，我就跟你保证我不回去就行了。我爸说，行，我信你。

我爸为了让我高兴，还给我报了一个篮球班。我去上了两节课，一直拖着不给人家钱，在我爸认为我又去上课了的时候，我拿着报班的钱,踏上了返程的火车,我这次连纸条也没有留,也没有回何庄,我很清楚,一回何庄,就回了我爸的势力范围。我在离何庄十多里外的村子里转,夏天的时候,庄稼都在地里使劲长,也算是农闲,村里会有各种理由请戏班子。我在一个村子就遇到了八十七岁的儿子,给一百岁的老娘贺寿请的戏班子。他们娘俩就在台下坐着,一百岁的人,看起来也没有那么老,头发都没有白完,还有几根黑的,嘴在一扁一扁地吃东西。当时我的心里还在想,等我爸我妈一百岁了,我要是还活着,我自己给他们唱场戏。我在后台找到了班主,他们是周口过来的班子,跟我们这边的人不熟,这正合我意。他听我说完想要跟他们一起唱戏的时候,很奇怪地扫了我一眼,小孩,这碗饭可不好吃,看你穿得干干净净的,也是有钱人家的娃,你爸妈是干什么的?我说,我爷也是唱戏的,爸妈在外面打工,家里就我一个人,我想唱,我也会唱几句。班主说,给你搽个花脸过过瘾就行了,回去吧。我在他面前气定神闲地站稳,手一摆,汉刘备离荆州满腹惆怅——。我就唱了一句,他就呆住了。娃,你有个好嗓子,不吃这碗饭就亏了,要是在以前一定能成角;就是晚生了百十年,现在这行当,勉强混口饭吃。我说,只要有口饭吃,不饿着就行。班主说,《黄鹤楼》用角太多,咱们班子唱不了,你跟着我们先跑跑龙套,有合适你的角儿,你跟着学。

那个戏班子跟何庄戏班子差不多,也是平时各行各业,闲了凑一起搭台戏,按角色分钱,没有吃闲饭的,班主说也会给我分点。锣鼓一响,我也别想闲着,一会当家丁,一会当衙役,最搞笑的一次,还让我扮了丫鬟,扭着腰身,在台上甩了几下水袖,反正浓妆罩脸,戏服上身,何阳阳就是另外的生命。班子里没有年轻人，我就成了最受欢迎的，都抢着要教我两手，教我翻跟斗、甩头发、飞胡子、抖帽翅、躺僵尸，各有各的绝活，生怕我学不会那些东西他们就得带到棺材里，那些在后台蔫不搭的人，一穿上戏服，站在台上，举手投足间，活脱脱换了平日里的躯壳。我跟着他们在那个村子里待了三天，又换了一个村子，这个村子离何庄更远一些，我还想着，就这样神不知鬼不觉地跟他们到周口去，我爸就彻底找不到我了。我有点担心他会不会想我想出病来，谁知道我爸竟然猜到我会自己在附近找戏班子，他从信阳开始找唱戏的班子，哪里有锣鼓声，就去哪里，找了五天，找到我的时候，我正在台上捧个托盘奉茶，淡妆挂胡，很好认。他等到我进后台，冲了过来，抓起一根马鞭就抽我，他胡子拉碴，身上的灰衬衣成了黑的，跟个讨饭的一样，粗着嗓子要告戏班子拐卖儿童，班主的脸发白，不敢找我爸赔打断的马鞭子，只是拉着我爸的手说，兄弟，可不敢打残了，打残了就是娃们一辈子。我的身上火辣辣地疼，被我爸扯走的时候，还倔强地挣扎了几下，又换来了一巴掌。我跟王爱云谈恋爱的时候，写过一首诗：想飞翔的，没有翅膀；不想流浪的，却身在他乡。王爱云问我是啥意思，我说，就是人嘛，过得都不如意。王爱云说，维纳斯有残缺的美，这也是一种美学。我说，美个屁，少了就是少了，少到谁身上谁痛。

到信阳的时候，我爸的态度又变好了，跟我说，还想吃石凉粉不？我说，不想，我就想唱戏。他说，我不想让你唱戏，你是我的儿子，我想让你好好上学，你现在不知道，将来会知道，爸这样做是对你好。我说，上学也就是为了找工作，唱戏也是个工作，一个是你想让我干的，一个是我自己愿意干的，爸，你就不能让我选？他说，不让你选是为你好，你知道选啥？走，我领你转转，吃碗石凉粉。我说，不转，我不喜欢吃，不吃。他说，你待在这看着行李，我去给你买过来。他说着，就走出候车室大厅。我看他消失在门口，就背起自己的包，把他的包寄存了，去售票处买票，我要走得更远点，虽然我不知道自己应该去哪里。我在窗口询问了一下都有去哪里的车，还没有决定去哪里，不经意间回了一下头，看见我爸正凶狠地瞪着我。我说，爸，这么快就回来了。我爸说，我敢走吗？你还真是不让我省心。他年轻时候出去闯荡，信阳是个中转的地方，每次路过，他都要去河边吃一碗石凉粉，除了寒冬腊月。那次，是他唯一一次一头大汗没有吃上石凉粉。回西安后，我因为不愿意再去读书，被他用皮带抽得后背肿了好几天。我觉得他变了，在他眼里，我不是他的儿子，是他的人生喜好，我是为他的喜好活着，稍不顺从，不是痛斥就是痛打。我开始在他面前小心翼翼地表演。我开始读高中，每天一进家就开始看书，在学校是自由的，我可以胡思乱想。我攒了零花钱，买了一个卡带收录机，没人注意我的时候，我就塞着耳朵听戏。高一的第一学期，我的成绩直接是倒数第一。有时想想，人这一生，走弯路走直路，真的由不得自己，因为在路上的时候，根本不知道哪是弯的哪是直的，而人只要活着，就一直在路上。

　　高一那年寒假，我爸看了我的成绩后，坐在屋子里沉默了很久。看着他那悲伤的样子，我觉得很快乐。没想到他沉默了一阵后，开始在我屋子里乱翻，翻出了我塞在枕头里的磁带和收录机。他看了看磁带，平静地说，你还是想唱戏？我说，是的，你也知道的，我有个好嗓子，我不想浪费了。他没有打我，也没有凶我，转身出去了。我以为他就这样默许了，开始光明正大地在屋子里放戏听，时不时还开口哼几声。我妈不想看见我挨打，一直躲在店里不肯回来。我爸有时候在店里，有时候在家里，他就看着我唱，也不再搭理我。一次看见我又唱，还主动出去买了一杯饮料递给我，让我喝了。至今我都不知道他在那杯饮料里放了什么药，当天晚上我的嗓子就说不出话来，他不领我去医院，我猜到他放药了，我就是猜到了也不相信他会给我下药。我嗓子哑后，我看他就像是一个陌生人，我不会再跟他商量什么讨论什么，我知道他是我爸，仅仅是我爸而已。我知道他要死了，拖着不敢进家，也是怕他在最后提起这事，我们一家三口多年来的默契，都装着从来没有过这事。我想告诉王爱云原因，话在喉咙口滚了几滚，怕她再告诉儿子，还是咽了回去。

　　刚好有人走过来，是我爷的堂弟，我得叫六爷，比我爸大了几岁，精神矍铄。他听见了点什么，说，孙媳妇，你别埋怨了，阳阳是为了给他爸买石凉粉，才回来得晚了。这娃孝顺，知道他爸最后在等什么。他说完就拍着我的肩膀，拉我走了。一棵大树下摆了张桌子，好几个人坐在那等着我商量我爸的后事，树荫浓密，知了在上面高一声低一声地叫着。六爷说，阳阳啊，你爸辛苦一辈子了，最后让他风光一下吧。我说，六爷，我听您的，别怕花钱，咱家不穷更不抠。六爷说，也不能过分铺张，别人家咋办咱们也咋办，这是风俗。要说有些事也真是的，现在又流行请哭丧，请唱戏，往外送的时候，走一路，唱一路，这些东西啊，一会绝了，一会不知道又从哪冒出来了，跟那河里的鱼一样，干的时候没了，只要有水，就又都有了，千年草籽万年鱼子，绝不了啊。我说，六爷，别的事我能依你，唱戏这事就算了吧，我爸最烦这个了。六爷说，阳阳，你不知道啊，你爸小时候最喜欢唱戏，他要不是出去打工，一定是咱们何庄戏班子的台柱子，你奶跟那人唱《刀劈杨藩》的时候，唉，没想到你奶那么入戏，你爸那时才十岁，都开始跑龙套了。我说，真的？又看了一眼其余几个人，有跟我爸一起长大的，有比我爸还大的，他们都点点头，说，是真的。

赊刀

一

　　是曾有个赊刀人来过我们的村庄,那时节大地上睡满青草,庄稼顶着太阳立在青草之上,在村头的石碾子上,他带来的九把菜刀排成一行,在村庄的凉风里闪着寒光。
　　一百元,太贵了。村里的人说。
　　赊刀,玉米一元一斤时我来收钱。他说得很自信,他拿起一把刀,轻轻一挥,就削断了一根筷子粗细的树枝。他的黄土一样黄的皮肤在刀面上一闪一闪。那年的玉米三分钱一斤。
　　镇上的张石头,刀才一元钱,是吧,大家都知道的,他的刀在我们这片很出名,我们用的都是他的刀,一把刀从爷爷用到孙子,人都埋到了土里,刀还在人的手里。
　　说话的是我的父亲,他有着门板一样坚实的身躯,有着铜钟样的嗓门。我和很多小伙伴一起,站在人群的最前面。我已经记不清这些人都有谁了,当然也记不得都有谁赊过刀,我父亲赊下的那一把,我们用着很顺手,却在一次搬家中不知道丢去了哪里,想想还有点怀念。你说,它会不会自己找回来?我也知道这样的想法是荒谬的,可我总觉得你家的刀是有灵性的,虽然明知道是把普通的刀。那个赊刀人是你的父亲吗?
　　不是,他是我的师父。
　　你跟他学什么?赊刀?
　　不是,学着活。
　　赊刀,等到村子成为城市我再来收钱。你师父说。他说得咬牙切齿,像是钢刀切到了石头。人群大笑,我父亲的笑声尤其响亮。我记得很清楚,父亲在这个包着红色绸布的本子上签下了自己的名字，所以看到这个本子的时候，我毫不犹豫就认了账。假如我父亲当时相信赊刀人的谶语，我们便可以在农村变成城市的过程中暴富。但是预言太过于细小，肉眼看不到，人便会忽略。等到想起来，已经成真了，提前知道了又有什么用？这是赊刀人的悲哀，还是这个村子里赊了刀的人之悲哀？感叹一阵之后，大家才发现，在这宏大的命运里，所有人关注的不过是一把刀和它的价钱。

二

那个来收账的赊刀人平静地在那个纸张泛黄的本子上打了新鲜的黑钩，收下了我的一百元钱，面无表情地向我点点头，转身就走了。

我们的村子离原来的省城有三十里地，中间还隔着一个集镇，集镇是我们常去的，认为最繁华的地方。我上学的时候，还以能跳出农门，跨过集镇，走进省城工作为奋斗目标，可是成绩差，拼来搏去，只能留在家里务农。没想到省城自己走了过来，以不可阻挡的势头把我们围在了里面，还继续向外走。

赊刀人拿着账本，从一片楼走向另一片楼。他那黑黑的眉毛平静地躺着，眼睛如一潭深水，深水里藏着许多不为人知的心事，心事或者就是故事。

晚上他回到了我的饭店，要了一碗烩面。我说我请客，然后又叫厨房的师傅炒了两个肉菜。我相信天天奔走的人喜欢吃肉，人总是喜欢用自己的习惯揣测别人的内心。我坐在他对面，如愿看到了他面容上流动的不安。我拧开了一瓶52度的白酒，在城市里，我只有打开酒瓶，才能回到过去迷人的乡村，那镀满金色的清晨小路，那老牛喘息晃动的田间，那满地鸡鸭的中午。我和他说起这里的以前，透明的液体顺着我的话语，在他面前的茶杯里流满，他的眼睛动了，像是夜空中眨着的星星。

我以前从没有见过他，我坐在他对面的时候，却觉得我们已经认识了很久。

我很想听听你的故事。我说。

饭店的空气里忽然闯进许多不知名的味道，无法捕捉又无可描述，很是陌生又似曾相识。

他从身后取下发白的牛仔背包，放在我的面前，拉开有些锈迹的拉链，取出九把锃亮的刀一字摆开在我的面前。

赊刀，一把一万，等你的房子变成水池我再来收钱。

这个地方要建一个体育场，游泳馆的位置大概就是在这里。我笑了。

现在生意不好做了，手指在手机上轻轻一翻，什么信息都能知道，我能猜到的，大家也都能知道，我猜不到的，明天还会在手机上跳出来，太难了，今天一天都没有赊出一把刀。

有人说赊刀就是一种卜术，我也认为是这样，你师父在遥远的过去，清晰地预见到了迷茫的现在，我很想跟你学习这种神奇的本领。我不知道，你是如何找到你师父的，他又传授了你些什么？

他端起面前的茶杯，晃了晃杯中的酒，酒在我们的视线里和水没有什么区别，觉得有区别的是胃，我和他一起喝了一大口，咂了一下舌头。

谢谢你。他说。

我看着他，他仍然不回答我，开始低头吃饭，白色的面片混在发白的汤中，几棵碧绿的菠菜睡在上面，他用深红色的筷子搅动了几下,碗里一团糟乱。

赊刀,一把一万。等你成了我,我再来收钱。他说。

我怎么能成为他呢?世上没有人能成为自己以外的别人。我有自己的积蓄和生意,我不可能为生活所迫成为一个赊刀人。这不就是摆明了要送我一把刀吗?想起他刚才说的房子变成水池,我有些怀疑他就是街头骗子,一句接一句地蒙,有很多人怀疑他们就是在蒙,他们赊出的刀那么贵,只要一句蒙对了,就能赚钱。

可是这句,我坚信他蒙不对。我不想占他的便宜,不花钱得到这把菜刀。一把菜刀,可以有很多地方很多种买法,不花钱的买法,会让别人觉得我贪占便宜。

我笑着,给他倒满了酒,摇了摇头。

师父的账本,是他的师父传下来的,如同他传给了我一个账本。账本里有些账能收,有些预言还没有实现,账还不能收,我也在向外赊刀,有些账我这辈子未必能收到。还没有收到的账,才是赊刀传下去的理由。我把账本传下去了,赊刀也就继续下去了。可是你看我的账本,现在只有收账,再没有赊出去了。赊刀,其实赌的是明天。可是明天,老人会很快死去,年轻人四处游走,村庄不断消失,城市天天变化,今天我能找得到的,明天不知道在哪里。谁能在流动里寻找到永远不动的永恒?我纵然是赊刀,也是为了赊刀而赊刀,已经无法赢利了。赊刀,到我这里,是要赊断了。

你师父来到村庄的时候,我父亲就认为你们的生意是做不下去的。在你师父以前,很久的以前,也许还有别的赊刀人来到我们的村庄,我想,每个时候,都会有人认为你们的生意是做不下去的。可是,一直到今天,你还是在赊刀。

你很会说话，我感觉你要做赊刀，比我做得好。他说着，开始喝酒。我们两个人很快喝光了那瓶白酒。我已经有些摇晃，看他也是那个样子，我们握握手说声再见。

意外兑现了多年前父亲的一个承诺，我感到很兴奋。父亲已经不在了，他的师父已经不在了，他们间的承诺还在，承诺的长度，长过人的生命，这想想也是一件很有意思的事情。人的一生总是会做出很多不同的决定，这些决定改变了人的一生。有的时候真的无法想象，有些决定是人做出的，还是这些决定本就存在着，而人刚好遇上了，就像我们要走一条路，而在某一个时间必然只能走这一条路，那这条路上的所有遇见，为什么会遇见，就很难说了。

三

明亮的水从天上泼下，洁白的雨花从地上泛起，人和物仿佛都生出了透明的羽翼，飞起来是多么美好的想法啊。

晚上，赊刀人浑身湿淋淋地跑进我的店里。

你还决定要赊刀吗？

是的，等你成了我，一万元。他说。

我在他的账本上写下自己的名字，名字前面已经有了很多陈旧的名字。每个名字都自觉整齐地排得像士兵一样整齐。它们束在纸上的格子里，不安分地露出些笔画，但终究还是安静地躺在格子里。

这些还能收回吗？

能收回的很少。

那我的能收回吗？

你的我一定能收回。

他的脸上忽然露出了笑容，拍了拍我的肩头，目光越过我的头顶，投向渺茫的夜。那里有不肯睡觉的人，有亮着的灯，有弯曲变形的树，还有嘶吼着驶过的车，有奔跑的猫，有沉睡的蛙，有看不见可以吞没一切的荒野。他走出了饭馆，篷帆似的身影很快被夜色包围了，像豆子睡进了豆荚。

无名泉

一

田春天在春天出生,就起了名字叫田春天。他的弟弟在夏天出生,就起了名字叫田夏天。青草坡的人起名字,都是这么随便,孩子生下来,嘴一张一合,就把他们一辈子的称呼给固定了,一代又一代人就这么随便地起了名字活下来了。这些年倒是很讲究,都要去找个人掐掐八字,或者托人翻翻《诗经》《史记》,名字一个比一个洋气咬嘴难写难记。

当然说的是这些年,在那个年代里,春天、夏天的父母还是很有诗情的,知道欣赏四季的美丽和轮回,这让他们兄弟的名字与邻居张狗蛋、李三娃、张剩饭之类的有了很大的区别。还好这些人在上小学的时候,已经赶上改革开放了,吃饱穿暖的时候,就想到了体面,村子里出现改名的风潮,老师今天收作业是张狗蛋、李三娃、张剩饭,明天再收作业就是张高山、李小明、张建设之类的名字。他很生气地叫学生通知家长,以后再改名,开学来就改,上学报的什么名,就是什么名,中间不许改。不过也就那两三年,随后的孩子们,都在上学前,就已经庄重地起好了名。那两三年的孩子们,后来在某个新年,从四面八方回到青草坡的时候统计了一下,村子里没有改名字的除了李老师的女儿李佳佳,就只有春天、夏天兄弟俩了。

他们兄弟俩改了姓,叫张春天、张夏天,改姓不是他们能决定的,这就还是没有改名字。

这样的话,张春天就觉得自己跟李佳佳有很浓重的缘分了,每次遇见,总忍不住看她细白的皮肤鲜嫩的脸。再后来,李佳佳岗坡一样的腰身在他面前扭几扭,他都要掉了眼珠子散了魂魄。岗坡在村南，凸凸凹凹地挡住了村子南去的路，是村里人最喜欢去的地方。

　　他养了五只羊，每只羊都长着温乎乎湿漉漉粉嘟嘟的小嘴，他喜欢看那些小嘴轻吐出"咩咩"，一种温柔就从空气里撞击了他。他把它们撵进村南的岗坡，看它们在凹凸有致的岗坡里穿行。岗坡上有长发一样茂盛的青草，五只羊在一片苍茫中露出白云一样丝丝缕缕的脊背，坡下一汪幽幽的清泉，像是李佳佳迷人的眼睛一直在看着他，看得他浑身燥热。泉水连着一条河，不知道河水流进了泉里，还是泉水流进了河里，年年岁岁水流不断。他脱光了衣服跳进比他大了不知道多少岁的泉里，水就拉着他的身子往下拽，他就推托着和水嬉闹着。他不知道杨芬是什么时候到潭边的，看见她的时候，他就往水下潜了潜，仅露出头。

　　杨芬是他的初中同学，就在岗坡东的一个村子，她没考上高中，初中毕业就在家割草喂兔子，他考上了高中，然后高中没上完就回村放羊了。他们两个在岗坡碰到过好几次，碰到的时候会互相点头微笑。有的时候张春天只穿一条短裤，赤裸着上身，背心搭在肩头上，短裤再短也能遮着那地方，叫遮羞，那地方没东西遮，他怎么敢露出来？还好水挡着他的羞愧，他往下沉了沉，只露出脑袋。

　　"杨芬啊，你还要割多久啊？我要出去了。"他说。

　　"这又不是我家开的澡堂子，不用给我打招呼。"杨芬说。她蹲在地上，镰刀像月亮出山，羞答答地探出脸，在青草上慢腾腾地滚动。

　　"你先躲开点，我得穿衣服呢。"他说。

　　杨芬就捂着嘴笑着走开了，身子一扭一扭的，和村子里的女人一样女人。张春天看得心里痒，往水里深钻了一下。

"张春天你穿好了没有？我要收拾我的草了。"杨芬说。她在泉水边有好几小堆草，她要来收一下，合成大捆扛回家。

张春天从水里钻出来，麻利地套上短裤，身上水淋淋的，短裤也被水打湿了。河边的风很软太阳很热，他帮杨芬收拾草捆，她走过来的时候，他已经打成了一个大捆，身上沾着青草的碎屑，额头上布满了汗水，混着身上的水滴，分不清水和汗。

"这里水很清，我总想在里面洗澡，又怕人看见。"杨芬说。

"我帮你看着，你洗吧。"张春天说。他爬上了河湾的高坡。天很蓝很干净，像是一个大舞台，一朵一朵的云彩，不停地在上面变换着自己的角色。

他的羊群低着头，寻着草，越走越远，他一直等到杨芬洗完澡才去追，羊走丢了一只，他回家后挨了爹两鞋底，一下打在屁股上，另一下因为他要跑，就砸在了头上。余下的四只年底卖了，卖羊的那天，他跟着羊走了很远，看着那些欢快的不知道命运的畜生，依依不舍地流下了眼泪。爹给了他半只羊的钱，他压在枕头下面。张夏天偷偷拿走了五元，买了三包白河桥香烟，给他两包，自己留了一包。他打了张夏天一巴掌，告诫他以后不能动自己的钱，然后给他两包，自己留了一包。年后他揣着这些钱跟着一个表叔去打工，第一个月发的工资都给爹寄了回来，还写了一封信，交代爹要让张夏天好好读书。他另外又写了一封信，寄给杨芬的，信里说广州的城市很大，楼很高，自己很有力气，能挣钱。信寄出去后半个月，爹写信过来说，杨庄有一家托人来说媒，闺女叫杨芬，爹很高兴，把这两年卖羊的钱都给她家了，亲事算是订下了，叫他在外面多挣点，争取过年回来能娶媳妇。

一想到过年回家就能结婚，热火火的身子搂着棉花一样柔软雪白的女人，张春天就浑身是劲。他掐着指头算着归程，终于到了年底，老板说好是年底结算给大家多分点回家过个好年，却在停工的时候卷钱跑了。张春天连回家的路费都是向表叔借的，他走到村口的时候，不敢进去，一路走到岗坡那里，跟冬天的草一样干枯在那里。泉水结了薄薄一层冰，透亮的冰面反射着苍白的太阳。他从太阳在南边坐到太阳转悠到西边发红发圆，寒气一阵阵升上来，他忍不住哆嗦了一下。

杨芬出现在他面前，说村里有人看见他回来了。

"我没挣到钱。"他说。

"没挣到钱的人多了，还都不回家了？"杨芬说。听他说完遭遇，杨芬就坐在岗坡上和他一起骂了没良心的有钱人，他忍不住抱了她，还亲了她的脸蛋，然后就浑身暖乎乎地回家了。

杨芬没有跟他要彩礼就嫁给了他，媒人小声说，她爹妈是想要彩礼的，杨芬不是他们的亲闺女，当不了家，闺女自己能当家，她就是看上张春天的人了。张春天很感动，结婚的那天晚上，他对杨芬说，他会一辈子对她好，一辈子。结婚后，张春天才知道杨芬的身世，她的父母生下她看是个女孩，就把她送人了。他就和她一起骂了杨芬的父母，商量以后如果他们发达了，就到杨芬亲父母的门前羞辱他们。

他们结婚后的第三年，杨芬的养母领着他们去了县城。杨芬的生母和养母是表姐妹，她的生父送走杨芬后如愿地给她生了一个弟弟，弟弟在北京读大学，那天没有见到，只听到杨芬的生父母一个劲地夸弟弟。杨芬的生父下厨炒了几个菜，要和张春天喝两杯。他们家里到处透着讲究，让张春天心生胆怯，他一句话都不敢说，只是喝酒，喝醉了迈不动步子，朝着杨家光可照人的地板吐了一次又一次。早上起来的时候，杨芬的生母给他煮了荷包蛋。青草坡方圆几十里的规矩，女婿第一次上门，是要吃丈母娘家的荷包蛋，还不能吃完，得留两个，寓意好事成双。杨芬的生母虽然看着屋子里的狼藉，脸上有掩不住的嫌弃，还是给他做了一大碗荷包蛋，端到了床头。

他狼吞虎咽地吃完才想起来得留，可是已经吃完了，还讲什么规矩呢？他不好意思地走出卧室，生怕杨家的人往碗里看。杨芬一脸平静地坐在沙发上，而她的生父母一脸泪痕，连说这些年委屈女儿了，谁都没有看他干干净净的碗。

二

老家的这张床，李根不知道在上面做过多少梦了，他也想不起在这上面都做过什么梦了，不过所有梦里都不会有今天的这份尴尬。

他本想把事情说清楚就走，不在家过夜，谁知车在高速上堵了半天，进村的时候已是半夜了。村子里的狗这时候都已经在各自的门前睁着警惕的眼睛，车灯扫过，它们的眼睛明亮而充满敌视。熟悉又陌生的路在车轮下高低起伏，让他心里透着阵阵寒意。

初秋的天原也没这么冷，可他就是觉得自己在哆嗦。

迎接他的是张春天冰冷的脸。电灯泡很亮，照着李佳佳的遗像，她坐在相片里看着他慈祥地笑，这笑容让他想逃，想离开这里，越远越好。

"还没睡？"他讪讪地说。

"嗯。"张春天应了一声，没有看他，扭头去了厨房，端出热乎乎的馒头和一碗粥，他伸手接下放在桌子上。张春天又进了厨房，端出两个菜——炒猪肝和炒鸡蛋，猪肝酱味重些，炒鸡蛋只有鸡蛋不放别的，是李根最喜欢的吃法。

"要喝一杯吗？"张春天问。

"不了。"李根说。

他们两个就开始吃饭，吃饭的时候饭占着嘴，谁也不再说话，吃过饭后，李根主动去灶间洗碗，张春天就收拾了这张旧床，让他睡了。

他揣测着张春天是想用这张床唤起他对家的温暖记忆，但再想想，他不睡这张床，这个家确实也没有别的地方可以睡。三间房子两张床，母亲刚故去，她睡的那张床倒是空着，床上还铺着被褥，那是他生到这个家睡的第一张床，母亲睡了一辈子的床，看一眼，母亲的样子就长满脑子。李佳佳的葬礼，张春天都没有通知他，如果他想睡在那张床上，张春天一定会坚决阻止，何况他自己也没有胆量睡在那张床上了。

张春天那张床，在另一个房间里。他小的时候也睡过，张春天躺在他的旁边，睡熟了有粗重的鼻息。他也会紧搂着他，一身的汗味和扎人的体毛，与母亲的怀抱是不一样的感觉。他在他身边一样睡得很甜，夜再黑，也从没有害怕过。上小学后，张春天找木匠给他做了张床，就是现在放满杂物的这张。一个人躺在属于自己的床上，第一个夜里，他兴奋得都没有睡着觉。他在家的时候就一直占着这张床，老二八岁的时候，父母让他跟自己睡，他坚决反对。不过老二不跟他抢，倒是愿意跟父亲睡在一起。老二从小很乖，他都记不起做弟弟的跟他这个做哥哥的抢过什么东西。

可是这次，老二就是要跟他抢。

他想起了那天老二站在张春天身边，血红的眼珠子瞪着自己，冷冷的狠狠的，他不由得打了个冷战。

他翻身坐起来，点起一根烟。他上初中的时候就开始抽烟，被张春天逮住后打过一顿，大一那年暑假回来，随手掏出了烟，他掏出来的时候，已经觉得不对了，想等张春天的责怪，可张春天在屋子里转了一圈，嘴张了几张，竟然视若无睹，他的烟瘾就越来越大了。猛抽一口，觉得屋子里都是自己熟悉的味道，浑身就坦然了些。张春天在那屋不停地咳嗽，一声紧似一声。他好几次想走过去，问一声，伯你咋了？咋光咳嗽？屁股抬了几抬，终究还是没有起来，他就躺在床上，睁着眼睛，看着黑夜。

夜空中弥漫着桂花香气，甜甜的暖暖的，像他坐在沙发上看着妻子忙着收拾家里卫生时候的感觉。

村子里以前没有这种树，只开花不结果的树没有人喜欢。这棵树还是他刚结婚那年，领着媳妇在城里逛，媳妇说，我叫桂花，我也特别喜欢桂花，要是能在家里栽棵桂花树就好了。他说，好啊，你喜欢什么我就买什么，别说是眼前的了，就是喜欢月亮里的那棵，我也去给你砍。

他那时候大学刚毕业，找不到工作，就在一家超市里给人家当保安，要说保安也算是工作，所以他不知道自己算不算是失业。他总觉得父亲的基因在他身体里疯狂滋长着，要不然他那么努力地运动，却还是瘦弱，常被一些身强力壮的保安欺负，以至于没有同事敢和他做朋友。桂花在超市的餐厅里上班，见他吃饭的时候常常落单，就经常多看他几眼，本来是直视，知道他是大学生后就变成了眉来眼去。

他也知道在这茫茫的城市里，没有一个他能栽树的地方。

但他还是买了,他觉得媳妇就像桂花树,甜甜香香的。他感激媳妇,没有要彩礼就嫁给自己,一个又白又漂亮的城里姑娘,白天给他做饭,晚上让他搂着给他洗衣服陪他说话,跟着他一张一张地数钞票算着花,他还有什么不知足的呢?他那年买了树后就带回老家,在院子里老二帮他一起种下。那时候,这里还是他的家的,有他的旧衣烂衫,有他从城里带回来的新鲜玩意儿。那些都慢慢找不到了,树却自己在这里扎根,悄无声息地长着,春天长新叶子,秋天开一树花。李佳佳也常说,邻居们都夸咱家那棵桂花香,夸我娶了个好媳妇。

桂花树在老家生根的第一年桂花的肚子就大了,她说李根咱们马上就有娃了,我不想让咱娃再回农村去,你是老爷们,你得给俺们在城里安个家。

李根就跟张春天要钱买房子。张春天手里还真有点钱,还说,就是给他攒的。买下的房子谁知道是个宝疙瘩,早几年还看不出来,这几年天天翻着往上涨价,涨到了李佳佳无奈地对老二说:"二啊,那时候能给你哥买房子,可是这会儿爹妈就是拆了骨头拆了肉,也给你买不起了。"

张长志说:"爹、妈,你们放心,我自己挣钱买房子。"

他也是大学毕业,毕业后比李根那时候的就业形势好,学的化学专业,很轻松地就找到了一家化工厂上班。当时还有别的选择,可以去一家国企,也可以考老师,他都觉得工资太低,不如这家私企给得高。他省吃俭用地攒了点钱,预期是存够二十万买个房子。等他辛苦了四年存够了十五万,认为自己是同龄人里能存钱的佼佼者,房价已经突破一万元一平方米,连首付都不够。

原来的女朋友散了,又谈的女朋友直接将房子当成条件。

李佳佳当时就愁病了。

李根想起这事也觉得怨桂花，妈就在家住了那么几天，她就总是跟妈拌嘴，还在他跟前说妈这不是那不是。他叫她忍忍，她说你咋不叫你妈忍忍？他说多了，桂花又要跟他吵架，妈听见了他们吵架会更难受。他就只能忍着，忍来忍去，妈和桂花动手打了起来。桂花还甩了妈一个耳光子。是的，她的巴掌扬起来，打在了妈的脸上。妈愣住了，她也愣住了。他回来后要打桂花，桂花说，李根你个浑蛋，我都是为了你，你妈是你亲妈，你弟弟可不是你弟弟。你妈天天嚷着让我们出点钱给张长志买房子，凭什么啊？这房子是他们该我们的，我们凭什么还？李根举起的巴掌没地方放，就朝自己脸上扇了两下。

然后妈就去找老二了。老二在城里租了两间房子，一间当厨房，一间自己住。妈去了，执意要住在厨房里，跟锅碗瓢盆住在一起，天天叮叮咣咣的。李佳佳在那里住了几天，就回青草坡了，回去没多久，就去世了。

他没想到这事会被张春天当作借口，说他和桂花气死了妈，要收回他的房子给老二住。葬礼不让他回来，还和老二上门去找他理论，他低声下气地给他们倒了茶，让了烟。张春天说，根，那时候你买房子是全款，三十万全是我和你妈拿的，你们两口子不能这么对你妈。

李根说，伯，张长志也是我兄弟，他买房子，我有多少钱都会帮忙多少钱的。可是我现在的情况你也看得到，我们两个人的收入，勉强够一家四口吃喝。在郑州养个孩子不容易，不饿死算不错的了。

张春天说，那你得让桂花去你妈坟前给你妈磕头赔不是。

桂花在旁边说，赔不赔不是是我们家的事，这事也轮不到你管，是不？

张春天说，李根你个白眼狼，白养你了，白供你读书了，白给你买房子了。

桂花说，伯，那房子本来就是李根的钱，别以为当年的事我不知道，李根的亲爹咋死的这笔账还没算清呢，谁知道是不是你害的？

张长志在旁边跳了起来要打桂花，被李根拉住了。桂花跳了起来骂张春天。那天李根看着张春天满面通红拖着那条瘸腿进了电梯，有种不忍的胜利感。他以为张春天从此不会再找他麻烦了，直到小区房产登记的时候才知道，张春天把房产证挂了失，自己补办了一个，他们手里的是作废的。房产证上本来写的就是张春天的名字，从法律上讲他才是这个房子的主人。他在心里想，到底不是亲爹啊，亲爹说啥也不会来这一手。

天蒙蒙亮的时候，他听见张春天起床了，就也起来，看张春天举着竹扫帚在院子里划动。外面有隐约的鸡啼。村庄很安静，这鸡啼声像是啼在想象里。

三

丢的那只羊，张春天一直怀疑是二婶干的。因为她邻村的娘家妈在生产队的时候，就曾经到青草坡勾引看棉花的张瘸子，两个人在地垄沟里干那个，二婶的爹就在地里摘棉花，绽放的棉花白得雪亮，借着微弱的光线，二婶的爹总是满载而归。冬天里别人家的孩子都冻得鼻青脸肿，她的棉衣棉被都是厚实热乎的新棉花，被这种温暖包围着长大的二婶，在已成往事的议论面前一脸郑重，和大家一起感叹过那个年代。张春天在河坡上帮杨芬看着有没有外人来的时候,他看到二婶就在树林间一闪而没,当时就想起这个听来的故事。

婚后和杨芬说起这事,杨芬还忍不住想去问问,被张春天拦住了。他没法问,因为张瘸子是他爷爷。怎么说呢?原来也不是他的爷爷,就是个村子里的老光棍儿,没有媳妇的那种,偏在临死的时候,当着村里人的面,将张春天的爹喊了去,说他爹是他在生产队的时候,借老田家的香炉插的一炷香,为这事给了张春天奶奶两袋红薯干,两袋啊,活了一家人。这件事情,张春天的奶奶在世的时候,跟村子里的张家长辈们承认过,张瘸子这就要死了,得有披麻戴孝摔老盆的人。老田家是很生气,可他们在青草坡一共也才三户人家,怎比得上黑压压的张姓?更何况这件事情是真的。再往前想一想,青草坡早已有过类似的事情了,并且不止一桩,前面有车后面有辙。于是张春天的爹依旧姓了田,他们弟兄改姓了张,他们改姓的时候还小,他们的爹说了一声,以后你们就叫张春天和张夏天,他们就嗯了一声。

老光棍儿出殡的那天,张春天和弟弟去了泉里抓鱼。这是张春天的爹安排的,想是有些深意。所以村子里的烦琐仪式上,没有弟兄两个。泉水清得见底,小鱼随处可见,大鱼藏在水草里。他摸了好几丛水草,没有摸到鱼。张夏天说,哥,河边今天没有人,咱们回去吧。他嘴里应着,还想继续摸,却被什么东西扎了手,几缕血丝在水里飘散,很快就没了踪迹。

这水里有我的血了。他想。

我被鱼咬了。他说。

"哥,你被啥鱼咬了?"张夏天很兴奋,顺着河坡慢慢走下来。青草坡的鱼有着任人抓拿的温顺性子,能咬人的鱼,张夏天也想见识一下。河湾里空空荡荡清风悠悠,张春天挺起肚子,扬起一缕细长的银线,和河水一起被晚霞染得红灿灿的。他看见了一些刚扎出的细小绒毛,越看越觉得心里痒酥酥的,而张夏天竟然也向这些隐秘的地方递来直直的目光,还大声地问:"哥,你扎毛了?"他就急忙提上裤子,呵斥道:"滚回家!"

这是爹常骂他们的话,不知不觉的,张春天已经学回来了。他为自己有了这样的威严而感到兴奋。

后来他做了小包工头,别人包了工程,他再承包某些具体的工作,带着青草坡的闲散劳动力,在钢筋水泥浇筑的城市里,挣些力气钱。出来的大都是男劳力,本不想带女的,田家二叔常年身体不好,家里穷得跟火烧过一样地空荡,求了张春天好几次,他才答应二婶到工地上给大家做饭。其实要是忙起来,他的建筑队也是缺人的,尤其缺一个像二婶这样和大家稔熟,又能做青草坡人喜欢的家常饭,还不计较报酬多少只要给点就行的人。在二叔找他以前,他就想到了二婶,他终于还是等到了二叔来找他,而不是他去找田家二叔,这样就是田家欠他人情,而不是他欠二叔人情。在这人情世故的一出一入之间,张春天就觉得自己越来越成熟了。

青草坡还有一个要跟他干活,说了几次他始终不答应的,就是张夏天。张夏天自己跟着村里人到了工地,又被他撵了回去。村里人也劝他,把夏天带出来闯闯吧,你总不能把他拴在青草坡一辈子,你是他大哥,又不是亲爹,是个鸡子带俩爪都得挠两下,他们得过自己的日子哩。

张春天说,一家有一个出来挣钱的就行了,我还能短了他们钱花?虽然是家务事,叔叔伯伯们都够得上说话,可是张春天是他们的工头,说话很有威严,叫谁去干啥活谁就得干啥活,要不你就别跟着他干了。谁也不想再去一个陌生的环境里累死累活却没有在这里挣得多，所以他的家务事，也是他说了算。张夏天只好待在家里，耐不住性子跟着别人去了广东，在城里挖下水道，干了一个多月工头跑了，连路费也没有了，张春天就坐火车过去把他领了回来。隔了一段时间，他跟着一个亲戚去了广西，青草坡就有人赶紧捎话给了张春天，说你弟弟去的地方听说一个月能过万呢。张春天刚好在郑州干活，就买了机票飞了过去，抢在他们下火车前拦住了他。他判断得没错，亲戚还真是做传销的，在火车站叫了几个同伙，一副六亲很亲的样子，非要把张夏天往他们那里拉。兄弟俩鼠窜狼突上了火车，火车开了多久，张春天训斥张夏天的嘴就一开一合了多久。

到家后他对李佳佳说叫她看好张夏天。李佳佳说，大哥，是我叫他出去的，他年轻二八的，不能总在家里待着，你要再不让他去你那，以后不定还会去哪里呢。

张春天的嘴大张了几张，还是很温柔地说了一句，我是为根好，想叫你俩照顾好他。李佳佳说，为他好就更得叫夏天出去挣钱了，我们有手有脚的，不能总叫你养着。

李佳佳都这么说了，他只好叫张夏天跟着他去干活了。他叫他在工地外围干些轻活，可是张夏天偏偏要做大工，爬高架，拎油灰刀。张春天不叫他去，他就跟他吵架，问他凭什么、为什么、这是要做什么。

"都是为你好啊，又不短你钱花。"张春天说。张夏天就很怪异地看了他一眼，继续拎着油灰刀跟着大工去爬高架。张春天也只好听之任之了。

最初的几个工程是杨芬的生父帮他揽的，后来就是他自己在做了，从一个城市到另一个城市，每个城市在他的脑海里都是一样的，都是一片脚手架的工地，回忆起来却遥远而又陌生。

他和杨芬结婚的第三年，他们刚开始出去创业，他爹重病，下不了床。正读高中的张夏天没有跟他商量，就辍学在家，挑起了本应该他挑起的担子。等到他爹治病需要钱的时候，张春天空着两手拿不出来，张夏天倒插门到李老师家娶了李佳佳，才有钱给父亲治病。虽然没有留住父亲的生命，但张夏天在青草坡留了个好名声。

所以张夏天娶了李佳佳，张春天总觉得自己欠了他一辈子，虽然有时候常会觉得就算不是为了父亲，张夏天在李佳佳跟前那个殷勤劲，也会倒插门。既然张夏天不是那种好逸恶劳的，不需要自己养着，那就让他好好干吧，熟悉了工地的一切后，自己把这个建筑队让给他，再去干别的，这样也算弥补了一些。

等到这个主意出现在他的脑海里，他竟觉得自己是灵光一闪了。他高兴地把工地上的事情交给张夏天，说让他照看几天，自己去另外一个城市揽活。孰料刚下车，就接到二婶的电话，她惊慌失措地说："春天，你快回来，夏天给砸死了。"

四

李佳佳去世后，张春天喂了一头牛。农村早都机械化了，肉牛养殖也农场化了，他偏要自己养一头，还不喂饲料，天天去岗坡的小河湾里割草回来喂。小河湾里的水还是那么清，岗坡里没有人放羊，除了张春天，也没有人割草。满地的草都为他长着，他一镰刀下去，柔嫩的汁液就从断茬处冒出来，像是一张又一张青草的嘴巴，在和他说着话。

他扫完地后，拍拍身上的灰就去喂牛。

"伯，我喂吧。"李根说。张春天就把草筛子递给了他，蹲在门口，抽起纸烟来，烟头一红一红的，像有些画面中，心脏在一鼓一鼓地跳动。有一次李根一个同学从新疆回来，给他带了两条烟，说烟壮，有劲得很，他偷偷藏起来，准备给张春天带回来，但是桂花很快就知道了，拿回家给她爹抽去了。张春天抽的烟都是张长志买的，这让他很惭愧。

"伯，你把房产证给我吧，要不然桂花都不跟我过了。"

张春天一根烟抽完，又点了一根，深吸一口，烟头就一直红着。

"那女人，不想过了就不过。大娃，你妈在你家，天天被她气成那样你都管不住，这媳妇不要就不要了。"

"离婚，家都散了，啥都没了。"

"大娃，你妈在你家气成那样，回来天天噙着泪。"

"伯，我妈脾气就不好，桂花我也没法子，我也难啊。"

"你疼你媳妇可以，你妈也是我的媳妇，你媳妇打了我的媳妇，你得打她。"

"伯，还是那句话，那些钱本来就是我的，房产证你要不给我，我只能跟你去打官司，我得保证我的老婆孩子有地方住。"李根的话刚说完，张春天就抢过了草筛子，筛子剧烈晃动了一下，溅了李根一脸的麦糠。牛这时候把槽里的草拱了出来，洒了一地。张春天就拿起了牛扎鞭，两根细竹子麻花样扭在一起做杆，两根细皮条麻花样扭在一起做绳。这是家里的老物什了，为什么都要扭着？也许是因为扭在一起结实吧。张春天狠狠地抽打着牛，边打边骂，没良心的畜生，喂你吃你还拱出来。

牛呼呼地喘着气，抬起蹄子躲闪着。

"伯，这次你把房产证给我，咱们也去把名字改过来，过户的钱我出,这些我都是咨询过律师的,要是打官司,最后的结果也是这样。"

"那你还回来干啥?直接打官司算了。"张春天说。手里的鞭子停了下来,看着老牛背上的鞭痕,眼睛里有些晶晶亮的东西流出来。

他灰溜溜地回城里的第二天,老二来了,也不喊他哥,气势汹汹地说:"李根,爹说了,只要你扇你媳妇两耳光,就把房产证给你。"桂花就在屋里,一听这话出来了,说:"李根,扇啊,你扇啊!"

李根没有动手。桂花在屋子里骂了一阵,又说:"老二,你扇啊,你扇啊!"

张长志红着眼动手去打她。桂花又喊:"李根,你看人家打你媳妇。"李根去拉老二,老二甩他一耳光,他觉得好委屈,哭了起来:"妈啊,我不活了。"他坐在地上泼妇一样哭着。声音在楼道里震荡,窗户上的灰都掉下来了些。

"李根,你还有脸哭。你都让你媳妇打你妈了,妈都让你媳妇气死了,你还有脸哭。"老二恨恨地说着,照他家的门上咚地踢了一脚,门上就印上了一个43码的大脚印子。然后他就走了。桂花冲出来喊道:"张老二,你把房产证还给我们。"她冲出来只是喊,看着老二魁梧的大个子忽然转过身来,血红的眼珠子瞪着她,她就不敢再往前冲了。

李根号了几声,看着老二走远了,觉得没什么意思,就站了起来。没人拉没人劝。邻居的门都闭着。是啊,这楼道里,大家各过各的,谁管外面动静多大?这样也好,总比在村子里冷冷的眼光强。可是,没人拉没人劝,甚至没人出来看,他还是有些失落,觉得孤零零的。他孤零零地走到门口,桂花却把门从里面反锁上了。

他朝门使劲地踹了几脚。那上面又多了几个43码的脚印子。他跟老二的脚一样大,早几年他们的鞋都是混着穿。不过他给老二的都是旧鞋,而老二给他拎来的都是新鞋。

屋子里很静。桂花也不哭闹也不开门也不理他。难不成想不开了?这个念头只是在他脑袋里一闪而过,他就很快地否定了。这点小事对于自己的这个泼女人来说,是不算什么的,她不会想不开的,这会儿没准在屋子里嗑瓜子看电视呢。他不知道桂花什么时候成了泼女人,他记得他们第一次约会的时候,她是那样涨红着脸都不敢看他。他在路边给她买了一根冰棒,很小心地揭掉外面粘着的纸,忐忑不安地递给她,发现她很开心,开心到幸福地笑了。那个时候这个城市的路面是那样的糟糕,坑连着坑土压着土,铃铛都不会响的自行车他吱扭吱扭地骑着,而桂花就在后面紧张地坐着。他有感觉,桂花想搂着他的腰,那样会坐得更稳点。可是她没有,直到结婚后她也没有。晚上他脱光了在她耳朵边问为什么不搂他,她说街上那么多人那么多双眼,让人瞅着多害羞。他说好多人都搂了啊。桂花说,那些人不嫌羞咱们可不能那样。

想想那时候多甜蜜啊。可是现在桂花跟他,早就没有这种羞涩了。他们一吵架,桂花能在后面把他撵出半条街,边追边骂,各种脏字眼如同她从家里不停地扔出的垃圾,鸡毛鱼鳞瓜子皮蒜皮青菜叶子种种的杂物,每天家里都要打扫出一大桶来。就这么一个三口的家,他都不知道每天怎么会出来这么多垃圾。如今这些仿佛全泼在了李根身上,桂花似乎仍骂得不过瘾。这就是泼妇,绝对标准的泼妇。可是泼妇仍然白天给他洗衣做饭晚上让他搂,这就让他被追出半条街后,还是乖乖地带着一脸笑容自己跑回来。

所以他被反锁在门外,踹了几脚后还是压低了声音喊:"桂花,开门。"

他喊了好几声,从里面传出来一声咆哮:"滚——"

"开门。"

"你个窝囊废,人家都要来打你媳妇了,你自己的脸也被人家扇了,你都不敢还手,你还是个男人吗?你不去把张老二打一顿,就别回来。"

"桂花开门。"

"你要么把房产证要回来再去把张老二打一顿,要么就别回来。"

"桂花开门。"

"滚!滚!滚!"

他又在门外嚷了一阵,见还是叫不开门,恼怒地用脚又去踹门,这次力气用得大了,门上出现一个坑。他不敢再踹了。小区里早一段时间被小偷撬了好几家,他特意换的好锁。再踹也踹不开,门踹坏了换一次得好几千。

他看着小区的房子和过往的人,觉得眼有点花。以前只想着出去是挣钱,回来要回家,现在猛地被锁在自家的门外,他竟然不知道该去哪里了。

这更让他觉着了房子的重要性。张春天只是把房产证拿走了,并没有让他从房子里搬出来。若这会儿真领着老婆孩子被从那个房子里轰出来,自己这一家子该怎么办?刚才只是茫然,想到这样的情景,禁不住打了冷战。但是说说归说说,怎么样也不能去告他。

不告他又能怎么办?毕竟不是自己的亲爹,差那么一点,把自己一家轰出来，他真能做出来。

他正犹豫着，桂花却打电话叫他回去，说是家里来客人了。

他喜滋滋地跑了回去，是他的堂弟张强在外面打工回来，到他家吃饭，还给他儿子买了一堆东西。他们两个在青草坡是关系最好的。桂花难得地露了笑脸还炒了几个菜，两个人端着小酒就喝了起来。桂花炒的菜今天也不知道是咸了还是辣了，李根吃一口菜就得喝好几口酒才能感觉到口和胃的平衡。菜没吃下去多少，他的脑袋就晕了，他的眼泪就流了出来，他的苦水就稀里哗啦地倒给了张强。

"哥，你说你要告你伯？"张强歪着脑袋眯着眼问。

"是的啊。兄弟，要不然哥这房产证拿不回来，我跟你嫂子就得住到大街上了。"李根说。桂花如同小鸟依人坐在他旁边，微笑地看着他们。李根知道她的微笑如同闷热夏天阴沉天幕下忽然而起的那阵凉风，好舒服。但是，说不定这凉风就是暴风雨的引子。

但是这个引子扩大化了，桂花听了张强的话明显很高兴，因为张强说："哥，我支持你，我也知道那事啊，那就是你的钱。"

"一家人打官司，净让外人看笑话，要不兄弟，你回家去说和说和？"桂花说。

"行，哥、嫂子，这事就交给我了，我一定去跟我伯好好理论理论。"张强说。

拨开阴云见晴天。李根没想到自己在张家竟然有这么坚定的支持者，那天晚上他们喝了很多，张强喝醉了，晚上就四仰八叉地躺在沙发上，半夜里又哇哇地吐了一地。第二天李根兴高采烈地收拾了一个上午，屋子里的呕吐的秽物味还没有散完，张强就一瘸一拐地又来了，看见李根就止不住地抽泣起来说："哥啊，我回家还没有跟我伯说哩，就被我爸给打了，还说要是我再跟你学，就把我的腿打断哩。"张强伤心地卷起裤腿，叫他看那上面青紫又发红的印子，说，"这是木锨把砸的啊，哥，我爸一辈子都没有这样打过我哩，他是真想把我的腿打断哩，还说我也是个白眼狼。不就是替你说个公道话哩，至于这样子不？我把给他买的东西都扔院子里了，我还出去打工去，我不回来了，我看他想我不，他想我我也不回来，叫他狠。"看着张强腿上的伤，李根觉得腿直发软。

他晚上就做了个梦，梦见张夏天拿着木锨把要把他的腿砸断，木锨把砸着腿很舒服，一下两下三四下，就把腿砸断了，然后他问张夏天："爹，你把我腿砸断了，你出气了，你把房产证给我中不？你叫我给妈去上坟中不？"爹却忽然不见了，他就喊了起来，一喊竟然是张春天的名字，名字喊出声就醒了，醒了的时候见桂花开着台灯正直盯盯地看着自己。

五

张春天婚后多年也没有孩子，抱着很大的希望到处求医，偏偏杨芬就是怀不上。兄弟俩只有李佳佳生的一个孩子，名字还是张春天给起的，李老师当时很大度地说，孩子已经随了李姓了，就叫张家来起名吧，一家一个字，这个孩子两家都有份。那时他跟杨芬还没有完全放弃要孩子的希望，他很用心地起了一个字——根，李根，没想到一语成谶，真的成了单根独苗。

他接到出事的电话，眼前马上浮现出胖乎乎的李根的样子。李佳佳刚三十岁，一定会再婚，没有了张夏天，自己的侄子，恐怕连见都不能见了。他想到这里，连忙呸呸吐了两口唾沫，骂自己乌鸦嘴，说不定送医院还能抢救过来呢。他正想着，电话打过来了，粗着嗓子在喊，救护车来了，说人已经没救了，问他还要不要往医院拉，拉到医院还得多出钱的。他没听出是谁的声音，就也粗着嗓子骂了一句："你说往医院拉不，那是个人，是个人啊，不往医院拉你给他扔到工地上？"

电话那头的就粗着嗓子也骂他，说已经死了，已经死了，你听清楚了不？他听清楚了，是他张家四叔。他还是说，拉啊，得拉去啊。

他赶回去的时候，张夏天已经睡进了水晶棺。浑身的血污已经被清洗了，脸上蒙着火纸，纸上还压了两个白线连起来的硬币。这是让死人看路的，一个硬币看阳间，一个硬币看阴间。等真正确定了死亡要入棺或者火化的时候，这两个硬币是要扔掉的，火葬场附近经常会有人拿着这种带孔的硬币买东西。在工地上还曾出现过几个带孔的硬币，被张春天发现后远远抛开了。面对张夏天脸上的硬币，他的手抖了几抖才狠着心拿了下来，揭开了火纸。他的弟弟苍白的脸出现在他面前，一点不像熟睡，像一个陌生的人。若不是仔细看，他都不能确认他与弟弟就这样阴阳两隔了。

李佳佳比他先赶到的，他回来的时候，她就靠着棺材坐在地上，看见他回来了，先是大哭几声，然后晃颤着站起来，说："大哥，这可怎么办啊？"她的声音已经哑了，她的眼已经肿了，她望向张春天的目光，黑洞洞的一片绝望。

张春天抬头看看天上半吊着的太阳，说："死了的已经死了，活着的还得活下去，咱们只能为活人好好想想了。"

"杨大夯到现在都没有露脸。"旁边有人提醒张春天。

杨大夯跟杨芬没有一点关系，操着一口广东话说自己是东北人。杨芬的生父已经退休了，人走茶凉，他们现在靠不上他了，只能靠自己。杨芬叔叔辈有好几个叫杨大什么的，张春天就和杨芬一口一个叔叔地捧着杨大夯，其实他比张春天也没有大几岁。为了揽到这个活，张春天至少叫了他一百声叔叔还封了十万元钱的红包给他。张春天也算过，这个活如果一切顺利，差不多能赚五十多万，按照惯例，封出去十万也是正常。他倒没觉得封出去十万有多吃亏，他知道如果不封出去十万，自己揽不到这个活，一分钱都赚不到。

杨大夯经常来工地，每次来要么是被前呼后拥，要么是前呼后拥着别人，只有脸上的笑容像是长在上面的，不会多一分也不会少一分。张春天模仿过他那皮笑肉不笑的样子，只两分钟就面部僵硬了。他带着李佳佳去找他，一路上都在想着该怎么样去面对这个笑容。他的办公室在一片假山喷泉环绕的办公楼里，楼道里干净得让张春天走起路来都蹑手蹑脚。前台接待的是一个妆容精致穿着职业装的女孩子，她很平静地告诉张春天，杨总出差了。

张春天问，什么时候回来？

她微笑着说："不知道。"

张春天给杨大夯打电话，关着机。他让前台接待给他打电话，那个女孩子微笑着摆了摆手。张春天什么都明白了。

"躲？我看他能躲到哪里去。"他冷哼一声转身就走。走到门口的时候，见李佳佳心神不定地还站在前台那里跟接待理论，悲悲戚戚像是来讨饭的。他箭步过去拉起她就走，走出了办公楼，才觉出一手柔软。他歉意地松开了。李佳佳忍不住又哭啼起来，泪水和喷泉一样，在假山间流淌。

"我只能这样了。"他想,"别的也确实没什么办法了。不是想闹,是不闹人家不怕。"

张春天回去就聚集起建筑队的人,抬着水晶棺去杨大夯的公司。李佳佳抱着张夏天的照片披着白布走在最前面,全没了平时的腼腆。白布上的毛笔字也是她写的,青草坡当年只有李老师会写毛笔字,现在他的学生们很多都会划拉几下,但还是李佳佳的字最像他。

"奸商害人必须偿命!"这几个字被队伍高举着,呼喊着行进。杨大夯的公司离医院有四里多地,他们走了三里多,张春天的电话就响了,他一看,是杨大夯。

他刚一接通,对方就劈头盖脸地骂过来:"你个信球货,疯了还是傻了,你这是要干啥?"他那广东腔的河南骂法,自以为很时尚,对公司里的人张口就来,张春天听到过好几次,倒也不在意,迎着那大嗓门就嚷了出来:"死的是我弟弟,亲弟弟,知道不?"

杨大夯似乎是愣了一下,在电话那头迟疑了片刻,说:"见面谈吧,你先叫你的人散了,你一个人来。"张春天说:"等我们谈好了再散吧。"杨大夯冷笑一声说:"你能把人散了也能再聚起来,着急啥,来听听我的意见,你是亏不了的。"张春天说:"知道就好,青草坡的人不惹事也从来不怕事的。"他把心一横,就一个人去了杨大夯约定的见面地方。

那地方他从来不想进去,为了揽活,也没少在这种地方请客。他总是感叹,不就是躺在床上让女人给捶捶背按按脚,就那么揉几揉就得好几千,就得几亩地一年的收成。工地附近有个诊所,针灸带按摩能治病,一次也几十元。有次请一个老板来会所,他一直说自己腰疼腿疼,张春天给他推荐了诊所,他一脸的鄙夷让张春天明白了,他们有钱,花钱太少的地方,显不出身份。偏他们来这里,又总让别人请客,也许让别人请,更能体现身份吧。

这次来,自然是杨大夯请客了。终究风水轮流转了,他沾了张夏天的光。

会所里很清静,水声潺潺,暗香阵阵。杨大夯躺在按摩床上,半眯着眼睛看见了他,头都没抬,说:"你想用哪个服务员?"

"不用了,咱们还是谈正事吧。"张春天站在那里,冷冷地看着他。

杨大夯摆了摆手,服务员立刻识趣地退下了。房间里就剩下他们两个人,他端起一杯菊花茶,轻轻抿了一口说:"这事你想赔多少?"

"我弟弟还不到四十,上有老下有小,虽然是农村户口,按工伤索赔,最少你也得赔五十万。"

"你小子倒也真挺仗义,赔这个数你受得了?"

"你只要给,我就受得了。"

"你才包工头没几年,还没有攒那么多钱吧,这一下子就把你掏空了。"

"你说啥?把我掏空?"

"对啊,这钱应该你出的。"杨大夯轻声说着,舒服地伸了个懒腰。

"你才是张夏天死亡的主要责任人,这钱你不出难道还是我出?"他看着张春天,目光比鹰都凌厉。话都是从嘴里说出来的,一张一合就碰了出来,偏有些话,分量那么重。

"杨总,做人不能耍无赖。"

"那倒真不用。我杨大夯堂堂正正的，该我的责任我不会躲，不该我的责任你也赖不到我头上。你弟弟跟我签的劳务合同在哪里？没有吧。他是你自己雇用的，出了事你要自己解决的，你再跟我闹也没有用。"

张春天顿时呆住了。确实，张夏天没有跟杨大夯签劳务合同，他从来也没有跟谁签过劳务合同。可是他这样的包工头，都没有跟谁签过合同，他要是签合同，他就拿不到工程，他知道这样会有风险，也知道别人是为了规避风险。风险成了存在，张春天像是掉进了绝望的谷底，四处伸手，都抓不到救命稻草。

"你不给钱，青草坡这么多人不会答应的，他们要是天天到公司里来，我也管不了。"张春天说。

"我是个心肠慈悲的人，在旧社会叫什么，善人，杨大善人。农村出来打工的都不容易，我出十万安家费，这事就这么定了吧。"

"他孩子那么小，十万能干什么？最少得五十万。"

"你想出，余下的你出，要不然就去打官司，公司好几个律师呢，你看打下来，我能赔多少钱？就你这态度，我一分钱都不出。"

张春天感到很恼怒，作为一个成年人，他在怒火中烧的时候，没有控制住自己，做了一件遗憾终生的事情，他对着那张让他感到恶心的肥脸，扇了一耳光，声音清脆响亮，打出去以后，他就后悔了，心开始怦怦跳着怕有什么后果。

杨大夯冷冷笑着看着他，并没有说什么。几个随从过来揿住了张春天，杨大夯说："扔出去就行了。"

张春天就被扔到了会所外面的大街上，扔一个人和扔一条狗确实没区别，都是横着身子，贴着地面，一骨碌再自己爬起来。他爬起来后就跑得很快,生怕再出什么事情。他跑回工地,跟大家说:"不干了,咱们跟他闹去。"

他不能告诉大家为什么,他如果说了,以后就再也拉不起队伍了,谁愿意干这样没有保障又风险极大的工作呢?张春天连亲弟弟的赔偿都拿不回来,谁还能指望他保障什么?

他给杨大夯打了电话,说:"为了我的家庭,为了青草坡人能好好活下去,我一定要跟你闹到底。这钱你一定得赔,你要不赔天理难容。"

杨大夯说:"你考虑清楚了?"

张春天说:"我考虑得很清楚了。"

杨大夯说:"你要不要再考虑一下?"

张春天说:"我不用再考虑了,你一定得把张夏天的钱赔到位。"

杨大夯冷笑一声挂断了电话。晚上,他们的工地就闯进一伙人,戴着黑鸭舌帽黑墨镜黑口罩,有的拿着亮闪闪的长刀,有的掂着黑乎乎的钢管,进来直奔张春天,问他为啥不还钱。张春天说:"你们是谁啊,我什么时候欠你们钱了。"那个领头的说:"你嘴硬是吧,试试有没有钢管硬。"

张春天被两个人摁在了地上,那个领头的就举起了黑乎乎的钢管子。三叔骂了声"你们这群鳖娃子",就被明晃晃的刀直接架在了脖子上,二婶声嘶力竭地喊:"你们不能这样啊。"张春天在她凄厉的声音中,绝望地闭上了眼睛,感受着一阵剧疼。青草坡的人想冲上去,他们的人数远没有这群人多,基本上是一比三,看来人家早算准了人数。他们眼睁睁地看着张春天在凄厉的叫声中被打断了一条腿,还要再打断另一条腿。

"爷啊,我们不闹了,你们放过他吧,总得给他留条腿啊。"

李佳佳在人群里大声哭喊着。那帮人还真应声丢下了张春天,很快就走了,留下了呆若木鸡的青草坡人。

六

  张瘸子用一生的盘算,给自己留下了一炷香。张春天的爹娘死后,就埋在了他的身边。他们的坟旁边,还预留了一大片地方,等着张春天和张夏天兄弟两个也领着自己的家人埋在那里。活着时候光棍一个的张瘸子,死后身边要土堆一片。张春天还在那里栽了几棵柏树,想着等自己死后,这几棵柏树长大了,能给坟上遮片阴凉。谁知柏树还没有胳膊粗就被砍了,村里集体建公墓,青草坡所有的坟都迁了进去。活人替死人做的规划,是死去的人想不到的。

  张春天还是在公墓里挤了挤,把张夏天的骨灰埋在了爹妈旁边,他看了看,旁边实在没有地方了,将来的自己,不知道该埋到哪里了。

  张春天也成了张瘸子,杨大夯虽然为他的那条腿送进监狱两个打手,但是官司张春天输了,该赔钱的确实是他。他把手里的那点钱给工程队发了工资,就算是解散了。他揽不到活了也不愿意再揽了。

  他给杨芬说,自己不想活了。

  "好死不如赖活着,只是官司输了,怕啥?"杨芬说。

  "不是官司输赢的事,是夏天没有了,我弟弟没有了。"

  "你弟弟没有了你更得活着,你死了,佳佳和李根怎么办?"

  "是啊,他们更没法活,杨大夯不赔,只能咱们赔了。"

"不行。所有的钱都拿去发工资了,你再赔,上哪弄钱去?"杨芬说,"虽然责任主体是你,但是大家都知道不怪你的,你是他哥,佳佳也不会上你这要钱来。"

"我是主要责任人啊,我确实是主要责任人。"

"咱们家哪还有钱?你以后多接济她们娘俩就行了。"

"把城里的房子卖了,我再出去借。"张春天说着,止不住又哭起来。

"卖了房子,你叫我住哪里?房产证上可是咱们两个人的名字,你说的我不同意,我可不想再回青草坡去住。"

"你不想回你就滚,反正我得赔钱。"张春天狠狠地说。杨芬也生气了,冷冷地瞅了他一眼,从家里翻出来存折和房产证,往自己的小包里一装,咣的一声摔上了门,就走了。

然后好几天都没了影子。就连张夏天的葬礼都没有看见她。有人问张春天,杨芬去哪里了,他都是没好气地一句话:"死了。"世间万物,死,真是一个逃不过又最厉害的解决问题的方法,这就是大不了一死吧。

张春天安顿好张夏天后,给了李佳佳十万元,还写了一张二十万元的欠条,李佳佳说着不要,推了两下,还是哭着接下了,然后小心收好放在衣袋里,看着她那仔细的样子,张春天的心猛然一沉。

在办完丧事以后,忽然又回家的杨芬也又说了一遍:"你想啊,你把钱都给她了,你就控制不住局面了,将来她领着李根改嫁了,人家花着夏天的命换来的钱,睡着夏天的媳妇,打夏天的娃,一个不高兴,把李根的姓改了,不过他反正也不姓张,你咋办?你咋办?所以我拿着存折和房产证走了,钱在咱们手里,你就有主动权的。"

张春天本想痛骂杨芬的，却被她的道理折服了，闷了很久，才胆怯地说："我给李佳佳打了一个二十万的欠条，那个欠条咋办？"

"你自己还啊，你这个笨蛋。"杨芬暴怒了，"把你骨头肉都拆拆卖了，看够还这二十万不。"

"我自己还我自己还，我慢慢还，我就不信还不上。"张春天说。

为了那二十万的欠条，张春天拖着瘸腿站在一个学校门口卖火烧，一天到晚，累得身子直晃悠，只为对得起自己九泉下的弟弟。

农村人，走再远，也牵挂着家中的几亩地。这眼见又到了秋收季节，张春天就将好容易积攒下的两万元钱取出来，小心收好，赶回青草坡。

满野的玉米棒子，露着黄澄澄的笑脸。空气里弥漫着熟悉的青草香味，让张春天脚步轻快，满心喜欢。到了家，却见刚四岁的李根一个人在院子里，脸上满是灰痂，衣服上都是泥巴，穿得破破烂烂不说，腿上还有一个很大的伤疤。

"根，宝贝，伯伯回来了。"他喊着。李根就向他跑过来，脸上甜甜笑着，轻轻地喊了声："伯伯。"声音却是沙哑。

这让张春天一阵无明火起。问李根腿是咋了，他说摔着了。问他妈妈呢，他说上地干活去了。张春天心想也是，这秋收季节，一个女人家，顾不上孩子也正常。就心疼地给李根洗洗脸，换上自己刚买的新衣服，抱着他去地里找李佳佳。

以前的秋作物，绿豆黄豆高粱棉花芝麻，杂七杂八的好多种，这些年越来越单调，满野望去，都是玉米了。绿色的叶子无情地伸展着，一个不小心，就被划上火辣辣的红印子。

张春天穿过几片玉米地，就来到自家的责任田。田地头半躺着一个男的，平头大脸看着有点陌生，他的腿上却坐着正嬉笑的李佳佳，伸出手指正去勾那个男的耳朵。张春天大踏步跑了过去，伸手拽下一个玉米棒，猛地砸向那个男人的脑袋。

那个男人躲闪不及，当时脑袋就起了一个大包。他一跃而起，大喝一声："你是谁？"两个男人就扭打了起来。李佳佳忙伸手去拉，说："刘三，这是李根的大伯，大水冲了龙王庙了，都是一家人，别打了。"

那个男人一听，停了手。张春天还要动手，李佳佳拉住了，说："这个是俺妈给俺介绍的对象。"

这话砸向张春天，可比刚才他砸向刘三的玉米棒子重得多。他看着刘三挑衅的眼睛，就抱起李根，开始唠叨起来，说李佳佳对李根不好，你看把这孩子丢得多可怜，再急着干活，也不能把这么小的孩子一个人扔家里，他要是磕了碰了怎么办？他要是遇上坏人怎么办？

"大哥，我也是没办法，还好刘三过来了，要不然你看这一地的东西咋整？李根乖，不会乱跑，一个人在家没事，你看青草坡的娃，不都是这么丢着长大的？刘三跟我保证过，一定会对李根好的，我们结婚后就不会这样了。"李佳佳很平静地说。

张春天想起了杨芬的话，再看看刘三那深不可测的大脸，他不知道他是不是冲着钱来的。自己弟弟死了，这时代，早就不兴什么贞节牌坊了，自己是没有能力，也没有理由阻止李佳佳再嫁。他只能强压住怒火和心酸，跟刘三道了歉，一再嘱咐他们要照顾好李根，然后失落地返回去。

去的时候带的两万元钱，他一点也没往外露，原封不动地装了回去。

回去后他就神情恍惚，想了多天，终于还是跟杨芬把事情说了，然后说："咱们把根儿带过来吧，我怕他在家受委屈。"

"现在你知道了吧。要是钱在你手里，她敢这样吗？"杨芬狠狠地说，"把李根收养过来行，钱也得跟过来，要不然夏天的命换来的钱，就白白便宜了别的男人。"

"李根能不能要过来都不一定呢，钱就别想了。"张春天小声说着，这声音淹在杨芬的大嗓门下，他也不知道杨芬听见了没有。他也不管她听见没听见，就开始找人咨询怎么样才能收养李根。问来问去，答复只有一个，人家妈不愿意的话，他只能想想，收养不了。

"那孩子妈再嫁呢？"

"再嫁了，也是孩子妈。"

律师的答复，叫张春天如堕冰窟。他想着还是回去找李佳佳商量一下，反正你要再嫁人了，带着孩子也是累赘。还没有来得及回去，李佳佳却带着孩子来找他了。

李根这次收拾得很干净，穿着张春天才买的新衣服，白净净的小脸可爱地笑着。张春天一把将他抱过来搂进怀里，掀开衣服去看腿上的疤，疤没了，屁股上多了一大片瘀青。他的脸立刻紫了。

"这是咋了？下这么重的手，是你还是刘三？"

"我拧的。这孩子顽皮，不下点重手不听话。这是屁股，怕啥。"李佳佳毫不在乎地说。张春天心疼地抱着侄子，想要发火，李佳佳却仍不紧不慢地说："大哥，我就开门见山直接说了，我这就要再嫁了，那二十万你打算啥时候给清，给指个日子。"

"指啥日子，没钱。"杨芬接了话。

"大嫂，大哥可是打过欠条的。这是张夏天的命换来的钱，要是他还活着,我至于像现在这样到处受人欺负吗?"李佳佳说着,红了眼睛,揉了两下,泪珠子就滚落下来。李根紧搂着她,说妈妈不哭。

"张夏天也是张春天的弟弟,要是他活着,会让他哥出这钱吗?"

"可是他死了,他哥还是包工头。"

"你这是来要账的啊,你这个没良心的女人。夏天死了才几天,你就急着改嫁,改嫁还要带着夏天的钱。"

"这钱是大哥打过欠条的,是你们欠我的,就得给我。"两个女人大吵起来。李根吓得哇哇大哭,张春天紧抱着李根,大喝一声:"别吵了。不行咱们就打官司,叫法院判。"

这其实是一场毫无争议的官司,欠债还钱,天经地义。张春天说就是该自己赔,也不一定赔这么多,法官说理赔要重新核定的话,需要另一个程序,可你这是选择了私了,自己给人打的欠条,没人胁迫你,没人利诱你,你是自愿打的欠条,欠多少就是多少。

杨芬当庭就说欠条的事情她不知道,她不愿意共同承担,她要求离婚,带走属于自己的财产。法官说这需要另立案,张春天差点没当庭晕倒。

杨芬离完婚后给张春天说:"现在没别的办法了,只有你跟李佳佳结婚了,才能不用还那二十万,张夏天拿命换来的钱,一分也流不到外人田。更重要的是,李根能在你的身边,你能呵护着他长大。"

"你是不想跟着我还账吧?"张春天说。

"当然也有这样的原因在。"杨芬说,"但是现在这样的情况,没有什么能比你跟李佳佳结婚更好的办法了。"她说这话的时候，一脸的郑重。张春天觉得她说得都对，想想从他们认识开始，都是杨芬在拿主意，以后离开了她的主意，不知道自己会过得怎么样？他没有时间多想了，他将房子留给她，办完了手续，孤单单返回青草坡。他当年踌躇满志地离开这里，如今终点仍是起点，到了村口的时候，忽然觉得自己把什么都留给了杨芬，有点不对，自己是站在夫妻的立场上来想这件事的，可是一分手，就不是夫妻了啊。

他先找刘三，叫他滚。刘三说凭什么，张春天说："这个家是我的，我已经离婚了，我要娶李佳佳。"刘三说："大家都来看啊，这大伯子哥回来娶弟媳妇哩，你也不怕人笑话。"张春天就拿起刀，问刘三："我这会也没有钱了，张夏天的钱我也赔不上，你值当为这事拼命不？"刘三说："你个不要脸的害了自己弟弟，欠着弟媳妇的钱，这会儿又想睡她。"张春天就拎着刀真的砍了过去，刘三头一偏，刀砍在门框上，木头屑子都砍了出来。刘三忙不及地往外跑，边跑边骂着，都来看张春天这个不要脸的，回来睡他弟媳妇哩。他跑着，张春天一高一低地追着，他跑不过刘三，还是一气将他追出三里地，然后才喘着气回了青草坡。

李佳佳也说这事不行，会有人说闲话。张春天说："闲话就闲话吧，我得替夏天守着根。这个家还是我说了算，这事就这么定了。"李佳佳说："我是个人，不是个物件。我想跟谁，我说了算。"张春天说："你不知道，我在遇上杨芬以前，就很喜欢你。"李佳佳说："那你遇上杨芬以后呢？"张春天说："遇上杨芬以后，我喜欢家，我喜欢张家。"李佳佳说："那你还是把杨芬当成外姓人了，为了你们张家，你都跟她离婚了。我姓李，我也是外姓人。"张春天说："你不一样，你是我喜欢的。"他这么说着，脸上通红，心里敲鼓，他不知道自己是心虚还是心动，谁让岁月这般无情，为了寻找一个一个生活的出口，把七情六欲迷失在自己的七窍中。

李佳佳说："你说的是真的吗？"张春天说："我以后一定会真心对你。"李佳佳点点头，说："那我也真心对你。"他们通知了所有的亲戚，热热闹闹地办了场婚宴。他们知道会有人指指点点，他们觉得自己行得端站得正，那些指指点点影响不了他们的日子。

没隔几个月，李佳佳就怀孕了。张春天给杨芬打电话说了这件事情，杨芬呜呜地哭了，张春天劝了很久，杨芬才说："我是想着我们是夫妻，我没想着离了婚后，就不是夫妻了。"

七

孩子与父母是生而必存在的关系，时间会改变对这种关系的看法，但是无法改变这种关系。能让时间感到无力的关系并不多。

桂花当然知道张春天对于李根，其实就是父亲一样的存在，她还是天天催着他去打官司。

李根知道张春天这一生已经输过两场官司，两场官司都和自己有关系，他实在不想和他打官司。他和桂花在家里又吵了两场，桂花的爹就给打电话，叫他过去。

老丈人也是爹，开始的时候喊着别扭，喊了十多年了，在人多的时候，喊着还是别扭。老丈人的家在老城，跟新城现在宽敞的街道不一样，那里都是阴暗仄仄的小道，他七拐八拐地拐到一个小房子前，丈人正和几个人边聊天边折着金元宝。丈人折了半辈子这个了，手很快。他别别扭扭地喊了一声爹的时候,丈人已经折成了一个。听见喊声他就抬起头摘掉老花镜高兴地对那几个街坊说,俺客娃来了,你们一会儿去交货的时候把我的带上吧。

他每次从他们的目光里走过的时候,都觉得身上沉沉的。就因为自己从属于自己的农村,闯进了他们的城市,从这里带走了他们看着长大的姑娘,所以他们的目光,李根一直觉得是异样的。就算这几年城市的闯入者越来越多,新区的街道宽敞漂亮,学校医院政府单位一股脑地迁了过去,老城依旧阴暗仄仄着还不如农村,李根却从未觉得他们异样的目光改变过。好在丈人每次总是很热情。他这又热情地沏开一壶茶说是桂花的弟弟从浙江寄回来的好茶叶。

李根没滋没味地抿了一口,丈人就开始说了:"桂花这死妮子越来越不像话了,咋能打老人呢?她都不怕遭报应。娃你放心,爹一定好好管教她。"丈人骂完自己的女儿,忙又念了两声佛号,求佛祖宽恕孩子们无知。李根顿觉得面前的茶好香,觉得自己也真是渴了,就端起杯子喝了口茶。然后就想壮着胆子说出自己的想法。话在嘴边滚了几滚,都被杯子里的茶给冲了下去。

不过丈人念着佛号,然后脸色就变了,说:"娃啊,这事你们家做得也不对。桂花我养了这么大,不图一分钱就嫁到你们家,给你们李家生儿子给你们李家挣票子,你们李家给买套房子是应该的,而且这房子也不是她一个人住了吧,你们李家的儿子在住孙子也在住吧,他就把房产证拿走了,还要扇我姑娘一耳光。娃啊,你评评理,桂花跟了你,里也忙外也忙,享过一天福没有?"丈人说着,竟然流出泪来,泪水在皱巴巴的老脸上只是淡淡的两行,却是刺刀一样光亮。

"咱们再说说她跟你妈生气的事。你有娃你妈不管,桂花一个人拉扯着没黑没白地哄着,她有病了住城里来了叫桂花侍候还嫌桂花这嫌桂花那,妮都跑回来哭了好几次,我一直劝一直劝,这不还是没有劝住。这家长里短鸡毛蒜皮的家务事,你能说谁对谁错?你伯可好,把个不孝的屎盆子给你们两口子扣上了,他咋不说自己亲娃不孝顺?娃啊,终究你不是他的亲儿子,总是隔着点。你不能让你老婆孩子没地方住不是?那买房子的钱本来就是你的,他拿了那么多年,没有跟他要利息就算不错了,你去告他,叫他知道理是往哪摆的。"

"他对我也挺好的,我实在是不忍心。"李根说。小时候张春天抱着他,长大了张春天护着他,如今他老了,他要和他打官司,他实在是不忍心。

丈人见他犹豫,就又重复了一遍说不是要教李根昧良心,只是把家务事摊开了到法庭上去讲而已,现在是法治社会,理说清了,他伯还是伯,对自家人只有好处没有坏处。

丈人见他仍然犹豫,就说,我已经替你把状子递了,你就只管等着配合打官司吧。丈人家好大一股熏香味,李根在那里熏得脑袋发沉,走出那条巷子,差点没晕倒。他在路上来回走了几圈,还是给张长志发了条短信,告诉他,桂花的爹已经替他们去法院起诉了。

短信过去没多久,就接到了张长志的电话,劈头盖脸就是一顿骂,然后说:"你去撤诉吧,我回青草坡把房产证给你们偷回来,以后咱们井水不犯河水,大家各过各的。"第二天早上他们还没有起床,就听见门被踹了一脚,他战战兢兢地打开门,老二已经走了,门把上挂的袋子里装着房产证。

桂花说:"这样就算完了?得把户过了。"

李根说:"你还想怎么样?就这样就行,要是真打了官司,你看见张强的腿没有?青草坡来一群叔叔大爷的真动手打你,你说怎么办?"

桂花没有再说话,默默起床做早餐,给李根打了荷包蛋,小心地说:"你等两天给你伯送箱鸡蛋吧。"

李根叹了口气说:"找个合适的机会吧。"

张长志回去偷房产证的时候,张春天是知道的,他也真不想再去打官司了,他已经输过两场官司了,他知道这场也还是输。他对李佳佳的遗像说:"根他妈,这是没办法的事情,不是我不替你出气,只是根那娃,命也是可怜,这刚过上了好日子,咱们就忍忍吧。到那边给夏天说说,说他哥没有对不住他。我为老张家,也是使光劲了。"

他没去打官司,也跟打输了官司一样,看见谁都耷拉着脑袋,牛铃声是他家唯一的动静。他还是每天去岗坡割草,一堆接一堆地割,一捆接一捆往家背,日子就跟青草一样,割下一茬又冒出一茬。

天热了,割累了就跳下河洗澡,清水冲着他皱巴巴的皮肤,淹着他花白的头发,他想起来了,这河里面还流过他的血,这河到处流,能看见的看不见的,那些血会不会从地下又回到了青草坡,会不会又喝进了他的肚子里?他在水里再找不到柔软的感觉,只有一种安静。他静静地泡在河里,太阳在河面闪烁,他想起来自己年轻时候在河里的蓬勃和冲动,心里也还有痒痒的感觉。他知道自己终将老去,而这清泉,依然会不停地流,青草坡的一茬又一茬后生,也跟那青草一样割不完,跟那日子一样过不完,跟这清泉一样流不完。这个时候他看见一个女人走过来,打扮得花里胡哨,像是草丛里的一束野花。

她蹲在河边往泉里看着他。

"张春天,你准备啥时候出来?"她喊。

"你走开些,我这就出来。"他认出她来了,他也知道她这么多年一直就在他附近晃来晃去,她没有再结婚,他觉得对不住她,他不想裸着身子从河里出来让她看见。她看见过年轻时候健壮的自己,他好想还能维持着那时候的形象。

杨芬真就走开了,等他穿好衣服,对他说:"我也想洗洗,你去上面帮我看着人。"

张春天哎了一声,就爬了上去,看着岗坡那蓝得不染一丝云的天空。岗坡向北不远,就是青草坡的公墓,他看见李根也回来了,他想起来了,今天是自己爹的祭日,一会儿自己也得过去。李根先下了车,然后是桂花抱着孩子,他们一家三口拿着鞭炮火纸往公墓里走。

这时候电话响了。他接过来,是老二,问他在哪里。

"我在河湾里割草,今天你爷祭日,你回来了吗?"

"回来了。我怕碰见我大哥,不想跟他说话。"

"咋能不想说话呢?爹要是没了,你不跟他说话,跟谁说话去?"

张长志没有回答,只是说一会就到家,然后挂断了电话。

"你快点洗啊,我得回去做饭了。"张春天说。

"我订好了饭店,一会喊他们一起去吃吧,好多年没见了,一家子在一起说说话。"杨芬说。

"我们跟你不是一家子,没啥话好说的。"张春天说。

"以前算是一家子吧,你年轻时候有点钱一直在我那放着,放了这些年了,该给你了。"杨芬说。

张春天觉得很热,枯皱的身体热得跟太阳下的青草庄稼一样，滋滋地长着。唉，都这把年纪了，除了岁数长，还有什么能长呢？他也想跳进泉里洗洗，泉水是凉的，凉得太阳都跳进去洗澡，泉是从地下来的，想不到的地方，它都能涌出来。

他这一辈子，就活了个名字，可这泉叫什么名字呢？

秘 方

我给你二十万，你卖不卖？米老实手中的小刀闪着寒光，在掌心优雅地转了一圈。说话，你到底卖不卖？米老实把着她的脚，朝着大脚趾深深地挖了下去，寒光闪进肉里。她哎哟一声闭上了眼睛。

米老实遗传了奶奶的矮个子罗圈腿蒙面纱，米田村的人一看见他就说，老米家的家风真是该传下来，你看米石头多随石瘸子，偏偏这米老实还就随了奶奶。米石头是米老实的爹，石瘸子是米老实的爷爷，石瘸子当然姓石，他的儿子姓了米，米老实就成了米老实，他的孩子叫米什么还不能确定，能确定的是没姓石的什么事了。

二百万二千万也不能卖的，这方子是祖传的，传男不传女，传媳不传婿，祖宗牌位前立过誓的，违背了是要被天打五雷劈的。

这年头了，钱重要还是祖宗重要？

这还用选吗？当然是祖宗重要。米老实说着，用刀子在她的脚趾里搅了一下，挖出一大片淡黄色的趾甲，他将它放在铺开的白布上，趾甲不甘心地在上面晃了晃，她看着自己肉里挖出的东西，心头一阵轻松。

好了。他说。

真傻，为来为去还不是为了钱，你祖宗看你把方子卖这么多钱，心里一定高兴。

米老实看了看对面的姑娘，像电视里的明星，昨天的电视剧里有一句台词，你是神仙派来的吗？像这样的神仙派来的漂亮姑娘他见过很多，她们的脚在他手里，跟别人的脚也没有什么不同，有这样或者那样的毛病，被他修好后有说句谢谢的，有一句话不说掏钱就走的。偏就这个姑娘，跟他说了这么多话，还跟他笑，声音咯咯的，像母鸡在寻找下蛋的地方。米老实听得心里发痒，忍不住抬起头来，偏就看见她那水汪汪的眼睛。

都说女人是水做的，米老实也毫不犹豫地这样认为。水是生命的源泉，人要活都离不开水，就像男人离不开女人，传宗接代离不开女人。一辈子好女人几辈子好子孙，他一定要找个高大白嫩的女人做老婆，但是这样的女人不想嫁给他。虽然他有钱，可是改革开放这么多年了，有钱的男人到处都是，有钱的帅男人也到处都是。他有时候也觉得绝望，想着降低标准，可是每每想到即将和一个丑陋的女人上床生出一个丑陋的儿子，他就觉得挣了再多钱这一生都是白活。有人告诉他可以拿钱买，还真买到了，姑娘很漂亮还和他甜言蜜语，乐呵呵地收了彩礼，却在临结婚的头天晚上，卷了钱跑了。这种行骗的方式叫放鸽子。鸽子都是有主的，放出去，还会再飞回来，他不过是人家觅的食。偏在这个时候，米老实的娘在南方让车撞死了，米石头又气又急一病不起，死前一再叮嘱米老实要找个好媳妇。

这样就好了？水汪汪的眼睛下面还有一张红嫩的小嘴，米老实垂下了头，他怕自己会融化在水里。

当然不是，你隔七天来一次，隔七天再来一次，三次才能除根。

姑娘说，米师傅，我是从北京慕名过来的，你得让我在你这县城里住半个月？修脚没花多少钱，吃住可得花不少钱，你看看我也是穷人呢，何况还是你同乡田老实介绍的。米老实说，田老实自己能修啊，为啥让你跑那么远？姑娘说，田总十五家

秘方

连锁店，当然不会再自己掂修脚刀了，他说你是好人，不用花钱就能帮我治好，你看，这得让我花多少钱？

米田村的一些精明人开始南下打工的时候，米石头南下去修脚，别人挣了一点钱挤火车回来过年，他已经买了车自己开着回来过年。米田村的就都开始出去修脚了，修脚并不是多高深的技术，在各处都可以学得到，各地人手法上各有所长，米田村的人拜的师也不一样，但是他们有独一绝，以治脚病为主，治疗灰指甲甲沟炎这些病的时候，修了脚后涂上些药膏，很快就能除根。

北京一个老太太甲沟炎非常严重，脚的大拇指甲扎进肉里，修了长，再修了再长，老太太痛苦不堪，一个医生建议她把脚指甲拔了，她犹豫着在回家的路上经过了田老实的修脚店。田老实一脸鄙夷地说，这需要拔脚指甲？他给她修了一次，涂上从米老实那里买来的药粉，叫老太太再来两次，一共三次后，她的脚指甲竟然平伸了，不再弯个钩扎进肉里。田老实问她要一千元，她说太贵了，别处修脚最多一次一百，虽然治好了病，但是也不能这么黑，总得合理收费。田老实说，别人一次一百，修十次也治不好你的脚，我三次就治好了，你说一千贵不贵？老太太想了想说，我在别处修二十次也不一定治得好，我就给你两千吧。你能把配药的方子告诉我不？田老实说，你能把配药的方子告诉我，我给你两万。

米老实和田老实过年的时候吵了一架，田老实又说起秘方，说是他们田家先发现的，米老实不告诉别人，也应该告诉他。米老实就把正喝着的酒泼在了田老实的脸上，他觉得是替爷爷泼的，泼得痛快淋漓没有丝毫犹豫和后悔。在米田村一向趾高气扬的田老实，立刻温言软语给他赔礼道歉并说从此再不提这事还要给米老实找对象，米老实还是拒绝卖给他药膏，田老实在家等到十五吃了汤圆加饺子，托了村里的几个长辈去说，情愿加一倍的钱，米老实还是不卖给他。

  正是隆冬天，风吹着哨子来推米老实的店门，那个窄小的门脸在哨子声里抱紧了玻璃门，门上的最上面贴着"老实修脚店"，这五个字下面还有"脚上足下""顾客最大"八个字，分做两竖行整齐立在下面。那个姑娘说还是店里暖和坐在店里不走，翻着手机头也不抬。米老实只好给田老实打电话问他介绍的这个客户是怎么回事，电话响了一声，马上就通了。
  他在电话里先是一阵大笑，然后小声说，兄弟，李红是不是到了？你要对人家好点，感情上刚受过伤害什么也不想了，只图个人老实，我看你俩挺般配的，就让她去找你了，怎么样了？她走了吗？米老实说，没有。田老实说，那就好好珍惜啊，现在啥也不图的好姑娘可不多了。米老实说，那你咋不自己留着？田老实说，我结过婚了，再说我身边不缺好姑娘啊。米老实的脸就红了，他真缺女人，尤其是缺送上门的李红这样的女人。他想，李红，这个名字也太简单了，难道婚姻真的像老人说的那样缘分一到，纸糊的一样一点就透，就是这么简单的事情？
  李红说，你该请我吃饭，咱们好好聊聊。米老实就领她去了县城最热火的一家羊肉馆，里面人很挤，白气蒸腾着包围了食客。吃完饭出来，从五脏六腑到外面的衣服都是热的。李红说，米老实，你让我住哪里？米老实说，我省城有房子县城有房子米田村也有房子，你想住哪里？李红笑了，说，你这一堆房子顶不上田总在北京的一套房子。米老实说，他在米田村的房子不如我，他不敢盖得比我阔，比我阔了我就不卖药给他。李红说，你厉害，你能比田总都厉害。米老实说，靠脚站起来行走，是人成为人的标志；把脚养护好，是有钱人与没钱人的区别；有没有秘方，是米老实和田老实的区别。他说着看着李红的脸，看到她的脸上露出了敬佩的表情，心中得意不已。他就关了店门开着车领她回米田村了。他本来也不指着在店里修脚挣钱，有那么多店用着他的药替他挣着钱，他开店只是为了打发时间。

　　需要打发时间的人，都是寂寞得觉得时间多余的人。这身边来了个漂亮女人，米老实哪里还会寂寞？那天晚上，李红还下厨给米老实做了一顿丰盛的饭，米老实从来也不知道自家的米有这么甜，自家锅炒出来的菜这么香，有一种吃了让人特别舒服的味道。李红还帮他收拾了屋子，那大而漂亮的别墅里面，其实很脏乱，李红收拾了以后，米老实在旁边看着，忽然想流泪。外面漆黑一片的时候，李红躺在了米老实的床上，他小心翼翼地走到床边，想着会不会又是放鸽子？

　　他想着还是伸出了手，她推开了他，叫他再去找一床被子，一个人一个被窝。米老实就和她并排躺下，她身上的香气就不断地涌进米老实的鼻子。他觉得浑身发痒，无数条虫子在周身乱爬，他的浑身都想动，又只能强忍着躺下，坚持到后半夜，他下了决心，不管她是人还是鬼，是来骗他的还是来拐他的，就算明天把他拉出去剐了，也就这样了。他掀开被子，钻进了她的被窝，趴在了她的身上。她在睡梦里惊醒，对他又抓又咬，他还是结结实实地压住了她。

　　米田村离城有六十多里地，能照亮村子的只有月光，月光只洒在别墅的墙壁上，屋内一团漆黑，两个火热的身体在黑暗里渐渐合成了一个。村外有一条弯弯曲曲的泥河，河水从很多年前一直汩汩流淌到现在。米老实从县城开车回来要一个小时，米老六的年代里，县城是遥不可及的传说，那漫长的路程，米老六的马车马不停蹄也得一天一夜。村子外的世界要精彩很多，花红柳绿，菜多饭香，熙来攘去，玩耍游逛。

外面终究是外面，逛累了还是要回去。米田村才是米老六的家，这在他心里是铁钉一样结实，脚跑得再远还是要站到地上，人跑得再远还是要回家。田老三是米田村最愿意倾听米老六讲外面故事的人。两家的地垄挨着地垄，锄地的时候并行走，比亲兄弟走得还近。从东头锄到西头，锄头不停，嘴巴也不停，锄头停了，嘴巴还不停。田老三家地比米老六少，家里人比米老六多，哄肚子都困难，就顾不得哄嘴巴。跟着米老六听听，总算长了见识。

这样的日子也还算惬意，谁知连遇上几个大荒年，田老三家的肚子就开始造反了。当然荒年慌的是大家，米田村家家都揭不开锅，草根树皮都成了美肴，大雁从天上飞一圈，拉下来点青屎，都是佳肴。田老三家孩子小，饿得眼睛都发绿，人就肿了起来，走路轻飘飘的，谁一推就能倒。三个孩子饿死了一个。埋了孩子，田老三在土包前哀号了几声，去河滩抓了把白泥巴，狼吞虎咽地吃下去，噎得直岔气，却没有流出泪。新中国成立后有过忆苦思甜，田老三从不敢回忆这一段，也没有人敢替他回忆这一段。

白泥巴叫观音土，米田村饿急了的人都吃过。好吃不好往外拉。人的肠胃就是这么难侍候，吃进去不拉出来还又不行。

总算人是泥巴做的，土在肚子里就只是胀，肠胃倒是不打架了。胀得难受挨不过了，他就去找米老六给他讲镇上的包子油馍。不过米老六也是很久没有出去过了，他的马也杀了。他说马肉也和闺女一起吃光了。但是总有人说他还藏了些，因为大家都浮肿的时候，米老六还是原来的样子。米老六告诉田老三，他从别人那里听到一个好消息，附近不断有人打仗，子弹声比过年的炮仗还要密，有时候会扔下军粮，捡到了就能救活一家人。田老三说，要是真有这样的好事就好了。

在几天后的睡梦里，田老三还真听到了炒豆子的声音，稀稀疏疏的好远，他的耳朵支棱了起来。等他想爬起来的时候，那声音又消失了，并且再也没有响起来。他仔细想想，肯定是自己饿晕了听错了，米老六说的都是故事，故事又怎么会真的发生呢？天蒙蒙亮的时候，他拄着锄头摇晃着去看地里的青苗长多高了，最近倒是风调雨顺的，这些苗一长起来，人就饿不死了，荒年就挨过去了。青苗懂他的心思，大清早精神神昂着小脸，顶着小露珠，在风里一晃一晃地给他说莫着急，快了快了。他正高兴得走路都能抬腿了，看见地头有一片苗倒在那——崭新的压伤，溜根压断了，伤口还滴着血，是的，是血，鲜红的血。

田老三揉揉眼，看见一大片的血在麦苗上纵横着。他想，会不会是一只受伤的兔子，看压倒的面积，还应该是一只很肥大的兔子。他往前走去，心里扑腾着。他的心好久都没有这么扑腾过了，他死了儿子的时候都没有这么扑腾过，他以为他的心已经饿得不会扑腾了。他和米老六家的地中间有个界沟，犁得比别的地方深，那个"兔子"就藏在这个窄窄的沟里，一身的土挡住了衣服的颜色，一夜的露水打湿了身上的土，看起来脏兮兮的。腿上都是血，在颤抖着。脸上可倒是年轻，胡子都没有，只有一些细小的绒毛。看见田老三走过来，眼睛里都是惊恐。

田老三喜欢这样的惊恐，这样的惊恐意味着不会有太大的反抗，他高举的锄头其实是无力的，他的腿和胳膊其实都是颤抖的。他闻到了出锅的肉香，他看到了一家人流着口水，甚至死去的儿子也从坟里爬出来流着口水。他心里想着，"兔子"啊"兔子"，你怎么不早些送上门来？

太阳还很远，天边只是淡淡的一点红。"兔子"说，大叔，你放过我吧，我可以给你家做牛做马。田老三说，牛马都是用来吃的。"兔子"叹口气，无力地喊着，大叔，我也是条命啊。田老三就举起锄头往下砸，"兔子"在地上挣扎了一下，没砸在头上。他狠狠心瞅准了脑袋，用出久饿之人能积聚的全部气力往下砸。

他的手被刚刚走过来的米老六抓住了。他也是昨夜听见了炒豆子声，想起早捡点啥，看见田老三在地里，就晃了过来，没想到田老三在干这个。他说，老三，这娃还没断气哩，你这是整啥哩？田老三说，老六啊，人不是走到这一步，我也不想啊。他爬到咱们两家界沟里了，是天意啊，天来救咱们哩。天不救咱们，还有谁来救咱们？他眼见就要死了，多不多我这一锄头都是一样的，天不绝人哩，叫咱们活哩。按道理说，咱们两人一人一半，可这是我先瞅见的，我得多要点。

米老六看了一眼兔子，"兔子"的眼睛正往外面淌泪水，泪水在这有点冷的早上，还冒着点热气。"兔子"睁开了眼睛，正好看见米老六的眼睛，眼睛没有冒绿光，枯黄的眼珠子，仿佛有点水汽。他就用力地挣扎了一下，竟然伸出了一只手。田老三说，娃啊，这年月，要活命，啥都得吃，你是天上掉下来救我们的，你都要死了，快点死了吧，好叫我们一家人有个活路。田老三说着，倒不动手了，他蹲在地上，等着"兔子"自己咽气。"兔子"发出了呻吟声，眼睛一直瞅着米老六。米老六心里翻腾了好久，终于忍不住了说，老三，我给你条马腿，你把这个娃给我行不？米老六真的还藏有马肉，他冒着自己一家被饿死的危险，拿一条马腿换来了兔子，还让他吃了几片马肉。他在床上躺了几天后，就能下床给米老六磕头了。

田老三就是田总的爷爷吧？李红说，难怪你不卖给他药。米老实说，不是，田老三是田老实的曾祖父，这都是新中国成立前的事情了。李红说，这都解放多少年改革开放多少年了，还惦记着饿肚子年代那些陈芝麻烂谷子的往事啊？那年代里修脚还是下九流呢，这会谁低看修脚的了？你咋不记着自己是下九流？做好你的生意管好脚上那点事吧。米老实说，不光得做好脚上那点事，也得顾顾生前和死后吧。李红笑得把头扎进被子里，说，太搞笑了，还管生前和死后呢。

李红说，自己以前在北京跟着田老实打过工，会修脚，一定会当好老板娘。米老实还是有些担心，幸福来得太突然总叫人不敢相信。他狠狠心拿了十万元钱藏在不上锁的衣柜里，然后去一百里外的大山里采药去。他在那里忐忑不安地过了七天，回家的时候，家里换了样子，里里外外收拾得干干净净整整齐齐，李红就坐在院子里织着毛衣，毛衣的针脚织得很密很厚实。米老实说，你还会织毛衣？李红说，你都考虑生前和死后了，我总得考虑一下秋天和冬天。米老实说，别织了，织的没有买的好看。李红说，一个人在家也没事干，就想起以前学过这个，没想到手还不生，竟然也织得还有些模样。说着就套在了米老实的身上，毛衣不大不小刚合适，温暖柔软的感觉裹着米老实，他穿上就不愿意脱下。李红又说，你的钱怎么能乱放，现金就扔在衣柜里，也不怕招贼来，我给你拿到银行存起来，这是折子，你收好了。

米老实放心了，他想她不是放鸽子的，她是来过日子的。她怎么会看上了自己呢？这也没办法，七仙女看上了董永织女看上了牛郎，这世上总有仙女重感情的。他有时候也忍不住问李红，你从北京跑到这里跟这么丑的我过日子，你图啥？李红说，图你老实，图高兴。米老实说，红，我真的喜欢你，你跟我好好过，我的啥都是你的。李红说，对啊，我们都是夫妻了，你难道还有不是我的东西吗？米老实说，没有了。李红就跟他打听秘方。他说，方子很简单，唬人的。李红要看，他说可以啊，但要等有了孩子再告诉她，没有孩子就告诉她，自己会不得好死，这是祖上规矩千万破不得，你总不能让我不得好死吧。李红就也不再问了。米老实就想，她不会是为秘方来的吧？可是再想想，她一个女人家，要这种东西有什么用呢？

没多久李红怀孕了，肚子一天天大起来，又跟他打听秘方的时候，他又推托，李红就说他不信她，不跟她一条心，她要打掉肚子里的孩子，回老家去，不跟他过了。米老实说，你不会是为秘方来的吧？李红说，我们孩子都有了，你还这样防着我，过着有啥意思？我不就是图你人老实吗？你这叫老实？然后李红就收拾了行李准备走。米老实心横了横，把秘方告诉了她。李红很高兴，说，这才是把她当一家人看了。李红一高兴，米老实也高兴，就总想着给李红和未出生的孩子多挣些钱，他

秘方

得知省城里新出现了一家连锁的足疗店，就主动出去推销自己的药膏。凭着米田村的名气，他的生意顺利谈成，回去的时候，发现李红不见了。

石瘸子离开米家的时候，米老实的爹才三岁。米老六说，娃啊，修脚是个下九流，咱们不干这个吧，做个老老实实的庄稼人。石瘸子说，爹啊，这是我祖传的手艺，不能在我这辈丢了，我不会丢咱家的人，我远远地去别处。米老六说，你敢丢下我们，我就把你另一条腿也打断。石瘸子没有说话，举着自己的幌子，在一个深夜离开了米田村。虽然不断地托人捎回钱粮，还是被米田村的人骂做忘恩负义。

米石头直到二十岁才第一次见到爹，他被人打断了另一条腿爬回了米田村，那条腿不是米老六打断的，米老六已经入土好多年了。米老六那罗圈腿姑娘看见这个爬回来的人，先是大哭，然后替他洗净了身子，换了干净衣服，扶他坐在床上，喊米石头说，儿啊，你爹回来了，你看你爹想着咱们啊，这是多不容易才回来的。

米老实的爹不愿意跟给这个爬回来的人下跪，甚至还怕跟他扯上关系会连累自己，他去灶间端碗热水给他，叫他喝了赶紧走。他娘扇了他一个耳光，他刚想还嘴，就又挨了一个耳光。他这才扑通跪下，说，爹，您回来了，儿子不孝，这么多年没有给您磕过头，今天把这二十年欠下的，都磕给您。石瘸子坐在床上，喝着儿子递过来的茶，听着他在地上咕咚咕咚地磕头，脸上露出惬意的笑容。等到儿子自己停下来，才说，娃，来，过来叫爹瞅瞅。

米石头睁开冒金星的眼睛揉揉额头上的大包，站到床跟前。

那会儿，米田村日光正盛，屋子里也明晃晃的。石瘸子一脸的笑容如同砸烂在地上的包子，他从身上摸出一张纸来，说，娃，你跪下吧，这是咱家的祖传秘方，脚上足下，活命方法，不管自己能不能留住命，也得把秘方传后，给自己的后代留条活路。

米老实的爹满怀委屈地重新跪了下来，接过了那张纸，并没有觉得有什么。石瘸子却像交了重担一样，轻松地长舒一口气，然后交代了一点后事，就闭上了眼睛。按他的遗愿，将他埋在米家的祖坟外面，孤零零自个儿，脚朝着东北。米田村的东北方向有很多地方，米老实查过地图，这些地方里没有山西。可是据村里人说，爷爷曾说过他是山西的啊？这是让米老实怎么也想不明白的问题。后来只能告诉自己，不管哪句是真的哪句是假的，归到底都是为了活命。

田老实给她的接风宴，是在一个很有情调的情侣餐厅，烛影摇红音乐声声，她正沉醉于其中，肚子里的孩子狠狠地踢了她一下，她皱了一下眉。田老实说，你准备把孩子生下来？李红说，怀孕是意外，不过如果不是这个意外，也不会这么快拿到秘方。田老实说，是的，唉，人家祖上就是好，留了一个宝贝传后代。

在认识田老实以前，李红在洗浴中心做服务，田老实只是她诸多客人中的一个。很多人都厌恶他，说他是个变态，特别喜欢让别人侍候他的脚，不愿意给他做服务。她家里父母多病，全指着她的钱，她接客人就没挑拣了，只要钱给得多，什么样的都接。接了几次田老实后，她发现他对她很好，从来没有要求她做过分的事情，每次给她的钱还很多。他说，自己当年的店，是因为人家握着秘方不给，而被逼倒的，自己多么不容易，才又东山再起。她就和他一起恨那个男人。后来他带她从洗浴中心出来，在一个温暖的小屋子里包养了她，告诉她如果能帮他拿到那个秘方，他就娶她，有了秘方，他们的日子会过得很好。她就真的去找米老实了，为他付出的时候，心里是有很大成就感的，这个成就感叫她面对十万元的诱惑，都能自如地把戏唱下去。去医院打掉米老实孩子的时候虽然还有点留恋，更多却是告别过去，踏上新生活的感觉。

田老实却在拿走秘方之后，再也不来找她了。她几次给他打电话，他都说忙，顾不上。这或者也是该有的结局吧。她在心底冷笑几声，默默地对着镜子流了两串泪，就开始梳洗打扮。天天如此。她知道他会来的，她要打扮得漂漂亮亮的，等着他的到来。田老实真的来了，一进门就气急败坏地说，你拿到的秘方是假的，做出来的药粉颜色不对，效果也差得很远。李红一点都不惊奇，不急不忙地说，我拿到的是真的，肯定是真的。田老实说，你个傻子，真的我用过多少年了，这个不是真的。李红用手指了指自己的脑袋说，对，你拿到的不是真的，真的在这里。田老实顿时明白了，脸上堆起了笑容说，红，把真的秘方给我吧，生意上要用呢。

李红冷笑着说，我要真给你了，你还会再来吗？我替你去做戏，你在我面前一直在做戏，咱们俩都是好演员。田老实说，那你明说了吧，要多少钱才给我真的？李红说，不要钱，我要当老板娘。田老实也拉下了脸说，我有老婆。李红说，你不是说你跟那个农村妇女没感情吗？田老实说，再没有感情也是我老婆。把秘方给我，你随便开价，要不然有你好看的。李红大笑起来说，秘方里的第一句话你猜是什么？你永远猜不到，第一句话是"脚上足下，活命为大"，除了活命其余的事情都是小事情。田老实说，不是"脚上足下，顾客最大"？这米老实真会改，我看他是脚上足下赚钱最大。李红说，人心都会变，秘方为什么不能变？你跟我的谈话我都录音了，在好几个朋友那里有备份，只要我出了事，你立刻就会出事，来啊，掐死我啊。李红说完，躺在床上，一副绝望等死的表情，她在这个时候，反而想到了要尽力忘掉的米老实。

田老实说，掐死你，我怕脏了手。然后灰溜溜地走开了。屋子里一片安静的时候，李红给米老实发了一条微信，对不起。隔了一天才收到米老实的回复，你去哪里玩了？什么时候回来，我去接你。李红说，你这样就不老实了，明知道我是骗了你的。米老实说，我不相信你骗我，我只知道我爷爷爬都能爬回来，脚上足下，有心的人走得再远也一定会回来。李红就哭了。米老实看到李红的微信后，笑了，然后就回县城的修脚店了。每天都有许多脚在等着他，他捧起脚，每雕一刀，知道日子又流走一些。

日子总是在不停流，就像每一个荒年最终都会熬过去，所以总有人活着，还会一直有人活着。米田村一场夏收后小麦一粒粒滚圆在各家的粮缸里，人便也跟着圆润起来。石癞子已经在米田村住了半年了，村里人都说，石癞子能写能画，衣服穿得那么干净，腰板挺得那么直愣，一看就不是普通的人，不是米老六的姑娘能看得住的。米老六听到这些话，却不以为然，他对石癞子说，娃啊，你是我用一条马腿换回来的，你不用记着这个，该干啥干啥去吧。石癞子说，爹，我是你用马腿换回来的，就给你当一辈子牛马吧。米老六说，救你回来，是想叫你全了这个家的，人的脚走多远，都得站到地上，是不？哪能孤零零站地上呢？石瘸子明白了他的意思，犹豫了好久，最终还是在一个夏夜里仔细洗了身子，看了看修剪得整齐的脚趾甲，苦笑两声，走进了米老六姑娘的房间。米老六一直看着他，看他关上了门，听见屋子里有了动静，才骂了一句，便宜了这王八羔子，脸上带着笑容回去睡觉了。

那年夏天你都干了些什么

那年夏天,你都干了些什么?

他又这样问我。他经常这样问我。

我每次都不敢看他的眼睛,怕触碰到可以穿透层层纠结的目光。每个人都有很多心事,谁的心事又愿意被别人一览无遗?我不愿意他了解我俯视他时波澜起伏的心,一如桃河的冲动在夏日里扭打。人在从生到死的路上,有许多事情不是不愿意就能躲得掉的,正如此刻,他正用那种审讯犯人的目光逼问着我:"那年夏天,你都干了些什么?"

"哪年夏天?"

"当然是桃河里淹死人的夏天。"

我更不敢看他的头发,平整的头发虽然干净,但黑发中杂生的那些白发,如同乞讨人的表情,失落得颓废,迷茫得绝望,孤单得可怜,一根根矗立在室内凝滞的空气上。这是无法掩饰的地方,哪怕再善于表演的演员,都无法在暴露的白发前,隐藏自己的心事,偏偏他的那些白发像送丧的白幡直刺到我眼里。

"桃河里淹死过很多人,这很多人里的很多又都死在夏天,我怎么能知道你说的是哪年夏天?"

"2002年的夏天,你不会忘记的,我相信你不会忘记。"

"那年我才六岁,能干些什么?"我胜利地笑了。我对我的回答非常满意,是啊,六岁的孩子,明知故犯的错都应该被原谅,何况我不记得自己犯了错误。

"你是一个聪明乖巧的孩子,六岁的时候已经会背三十二首唐诗,写七十九个汉字,会站在门口等爸爸下班然后扑进他的怀里说老爸你今天很辛苦。你能一个人去离家一站路外的商场买回你想要的皮球,你能记下爸爸的电话号码准确地打给他说你想他了。你已经有了这么好的认知能力和主观判断能力,你会不记得你六岁的时候都干了些什么?"说这句话的那个人手指抖了一下,一截烟灰随即落了下来,正好掉在他的脚背上,确切地说是他的鞋面上。

他没有弯腰拍掉那些烟灰,我想他是为了掩饰自己,或者说是一种伪装,他的脸色苍白双手无力地垂下,像是睡眠不良又像是供血不足。我忽然想起他没戴警徽也没穿制服,这里是我的家不是警局,他没有资格这样审讯我。我和他只是平等的交谈,我不需要回答他。可是我和他之间,除了回答,我又不能对他提问什么。这就是习惯吧,一种屈从于权威的习惯,他在我面前,一直就是这个样子。可我为什么要让习惯来决定我们的谈话呢?我要改变这种习惯。

"我不否认,六岁的孩子已经有了认知的能力,我能记得起六岁时候的一些事情,但并不代表所有的事情我都能够完全记清楚。你问我这些,是在那年夏天,发生了什么事情吗?那事情跟我有关系吗?"

"当然有关系。我一定要知道,那年夏天,你都干了些什么?"

这越来越像某些电视剧的开头了,他的口吻也越来越职业化。我开始跟着他进入一种虚有的状态,好像小时候玩老鹰抓小鸡,总是很轻易地就觉得自己是鹰或是鸡,虽然人与禽隔着物种的区别。而现在却觉得这更像是那场游戏的口语版,这让我很愤怒又很兴奋,我决定陪他好好玩下去。

"说实话,我只记得一部分。我记得那年夏天,桃河里淹死了一个孩子,很漂亮的一个小男孩,紧紧抱着皮球,那应该是他在水里唯一能抓紧的东西了。"我显得非常配合。

"是吗？你确定从水里捞上来的只有一个人？你确定是一个孩子死了不是大人？你确定从水里捞上来就是死了而不是又救活了？"

"我不确定，我真的记不清了。"

"那你好好想想，想想究竟谁死了，这对大家都很重要，你知道的，只要活着，哪怕千里万里，都还是可以见到的，可是死亡，即便死在身边，也代表着永不相见。这世上活着是为了可以见到想见的人，那究竟是活着的人死去了，还是死去了的人在活着？你一定要告诉我，那年夏天你干了什么，你可以挑一些片断说，我想亲口听你说一说。"

他说了很多话，却仍然一副板紧的面孔，像是骨灰盒上的石板，身边纵有多高的温度，多少纵情的欢乐，仍然冰冷地板紧着面孔，像是害怕不这样板紧面孔，就会失去了自己的存在，就会被别人忘掉所代表的某种意义。他的表情，拍掉我心里的许多灰尘，在左思右想之后，我想起了一个地方。

杨　镇

"那年夏天我去了杨镇。"

但也就是说出地名之后，我却不能一下子回忆起当年所有的事情。或许在我的记忆中，"杨镇"很重要，和项羽无奈的"垓下"、关羽败走的"麦城"一样，成为一生中无法挪动回忆的地方，实际上并没有什么，那些都只是当年，现在只是个地名而已。

"你去杨镇干什么？"烟灰弹了弹手中的烟头，一截烟灰又掉落到了他的鞋面上,让我担心到他想要离开的时候,鞋子一定埋在烟灰堆里了。

"杨镇是我外婆家,我的妈妈在那里。"我肯定地回答。是的,我想起来了,我当时确实做了这样的事情。

"你为什么要去找她?"

"我要告诉她,爸爸去抗洪,两天没有回来了,我不想再吃方便面了,大黄猫也跑丢了。她是我的妈妈,她很爱我,我的悲伤和快乐我都应该告诉她。一个孩子要把这些告诉妈妈,有什么奇怪的吗?我如果不去告诉她,自己一个人在家里对着墙说吗?"我有些生气了。烟灰就沉默了,我很得意地看着他的沉默,感觉自己占了上风,但又不甘心他就此沉默,毕竟游戏才刚刚开始。

他沉默了片刻,竟然又接着问:"你才那么小,为什么要一个人去?"

我对他的无聊问题感到愤怒了。

我也不想一个人去啊,你以为我喜欢一个人去啊,那路那么长,走着好累好累的。我这么大的孩子,谁不是爸爸妈妈领着走亲戚啊,可以被抱着,被哄着,被宠着。可是我呢,我怎么知道他什么时候能回来?我一个人住着空荡荡的房子你以为我不害怕吗?我害怕了,当然要离开的。再说,外婆家有很多好吃的,你知道,一个六岁的孩子是拒绝不了这些东西的。西瓜、桃子、葡萄,还有李子,你吃过李子吗?外婆家的李子一点都不酸。可是那年夏天我去外婆家,总有很多人朝我笑,他们远远看见我就笑,走近了还接着笑,我躲进外婆家的院子都能听得到他们在笑,虽然我不知道他们笑什么,但是我讨厌,我讨厌。我宁可走在去杨镇的路上,走在杨镇回来的路上。路上没有人,有两排士兵一样的白杨,它们会随风拍着手,没有笑容地拍着手。

我清晰地想起这些,脸上浮现出一丝儿时的笑容,仿佛我真的回到了当年杨镇的那条路上。

可我不想告诉他这些,我狠狠地说:"妈妈说,爸爸死了。对了,你一直在问我那年夏天的事情,你是不是觉得那年夏天桃河里的死人跟我有关系,难道那个人是我的爸爸?"

烟灰沉默了,又点燃了一根烟,屋子被埋进烟雾里,死一般地寂静,好像一切都不存在了,活着的只是袅腾烟雾。他的沉默像是要证实我的猜测,我并不想引起沉默,不该发生的事情偏偏就发生了,说明我不了解他。

他竟然流泪了,对于一个审讯者来说,应该很好地控制自己的情绪,用自己的顽强打败对方的防线,泪水往往是被击溃的表现。也或者他是装的,泪水也可以是迷惑对方的武器。

他在几串清泪后,轻声说:"你参加了他的葬礼吗?人或是辛苦或是清闲或是眷恋或是抛弃,到最后都要有个葬礼的,这是他跟这个世界的告别,是这个世界上的人跟他的告别,你是他唯一的儿子,是他血脉骨肉财产的延续,他的葬礼里一定要有你的,你应该捧着他黑白分明穿着制服的遗像,带领着或密或疏的人群走过桃镇光滑的青石板路,沿着曲曲弯弯的桃河去到青草蔓生的郊外,在开满鲜花的荒凉中看着他走进新家,你不记得了吗?这是很重要的事情,若你有过,一定不可磨灭。"

"我有过。"

"你确定?"

"是的。你也说过,我是一个聪明的孩子,我记得很清楚。"

"这么说,那年夏天是你的爸爸去世了?"

"不是的。我参加葬礼是在春天，桃河里只有涓涓细流，岸边残雪未融，桃镇没有被涂上色彩，只有黑白，他黑白分明的遗像很重，压得我胳膊疼，好几次我都想丢掉，是爸爸，对了，是爸爸帮我抱起了遗像。他还抱着我，紧紧抱着我，脸上都是泪，我把脸紧紧靠在他英俊的脸上，平整光滑的感觉熨烫着我莫名其妙皱巴巴起来的心。"

"你为什么要抱着他的遗像？"

"不知道。我只是孩子，爸爸让我干什么我就干什么，会不会只是一次表演？爸爸领我演了主角。哦，对了，可能因为他没有孩子吧，他是我爸爸的好朋友，还送过我一只大黄猫。看在大黄猫的面上，我也应该替他抱遗像。只是个遗像而已，又不是我不能承受的重量。"

"你还抱过别人的遗像吗？"

"没有。"

"是没有发生还是你不记得了？"

"我不记得了，当然，我不记得的事情，不代表没有发生过，也可能真的没有发生过，所以才会不记得。"

"如果没有发生过，那你的爸爸就没有死，死的人你也不能叫作爸爸，你的妈妈就是骗你的，那她为什么骗你？"

"妈妈不会骗我的。"我咆哮起来。这比侮辱我更让我恐惧和愤怒。我大声喊出来后，马上意识到，烟灰可能要用这样的情感刀子撕裂我的心理防线。我冷静下来了，害怕地看了看他瞬间放大的瞳孔。

他也意识到了自己的失态，深吸一口，咽掉，又深吸两口，咽掉。声音中带着醇厚的烟草味道，厚重得像是从另一个世界传来。他问我："那你见到了妈妈吗？"

妈　妈

　　这个闯入者毫不留情地又提到了这个名字。他真的很了解我，了解能让我崩溃的每一个人。妈妈是最爱我的人，没有之一。我一刻也不能离开她，好像我真的一刻也没有离开过她。直到一个夜晚，那晚上好像有星星，在桃镇的辉煌灯光里，那天的星星还特别亮，一眨一眨的在窗户外面看着我。妈妈说我以后要很乖很听话，我说我一直很乖很听话，她就哭了。妈妈经常说我都这么大了还要哭，可是她比我还大，她仍然哭了。哭是事情的结束吗？我在后来才知道，哭只是告别的开始。

　　她那天和往常一样给我洗了澡，和往常一样给我身上涂了些淡黄色的润肤香脂。和往常不一样地抱紧了我，泪水打湿了我细软的黑发，模糊了我的眼睛。那天晚上爸爸也在，他好久都没有回来了，回来就和妈妈吵架。

　　我听见他们在厨房争吵，他们好像在说什么东西不是爸爸的，而妈妈坚持不要，爸爸说你生下的你就得要，妈妈说他是你最好的朋友，我生下他还不是因为他，你不要我也不要。爸爸说你做出了这种事你还这么理直气壮你知道什么叫背叛什么叫无耻吗？妈妈说他都没有了他是为了救你才没有的你再抛弃他才是背叛才是无耻。爸爸说我是个俗人到处都有目光看我头上长草坪我怎么领孩子出门以后怎么过日子？妈妈说以后都不会有日子更不会有以前的日子谁让你知道真相了谁让你领他参加葬礼了你都那么在乎他连他的葬礼都要完美你都不顾一切了还要面子？然后就是哭泣，是的，我竟然听到了爸爸妈妈大声的哭泣。

可是我好像听错了，他们出来的时候脸色都很平静，我就开心地睡觉了，我的左边躺着爸爸右边躺着妈妈，我的头枕着妈妈的胳膊，脚蹬着爸爸的胡子，睡得很香。你也知道的，小孩子就是喜欢这样睡觉的。对于我来说，虽然习惯了床上没有爸爸的日子，他在我的身边我还是忍不住高兴，我用很长时间的无法睡眠来适应这种高兴，我在熟睡的时候应该都会发出咯咯的笑声，那是孩子天真的没有遗憾的笑声。可是我醒来的时候，妈妈却不见了。

"那你的妈妈去了哪里？"他的眼睛睁大了，像是发现了新线索。

"去了外婆家啊。"我平静地说。

"你在外婆家见到她了吗？"

"我和爸爸去了外婆家。外婆是很喜欢我的，喜欢到了会为了我去打她的狗，因为那次狗冲着我瞪了眼睛，还张开了嘴大叫，把我吓哭了。外婆就狠狠地打了它。听妈妈说如果是别人朝着外婆的狗瞪眼睛，外婆会去和那个人拼命。而这天，外婆家的狗把我们拦在了门外。外婆坐在大门口，冷冷地看着爸爸。爸爸是不敢和那条狗瞪眼睛的，他很客气地朝着那条狗笑，外婆却朝着他骂。外婆说，你既然早就知道了为什么不告诉我？你既然能装糊涂为什么不一直装下去？你是欺负我老了管不了你们了还是存心让别人看我们家的笑话？爸爸说，我也是为了孩子，但是他实在是可怜，死了连个送葬的人也没有。我没想到是我自己先受不了的，我错了，我真的错了。外婆说，都怪我，是我瞎了眼，我当时嫌他家事多，叫女儿嫁给你。现在看他比你好一百倍，一千倍，不，你都不能算人，不能和他比……"

"那这么说，你那天并没有见到妈妈。"烟灰打断了我的话。

"你是不是想告诉我，那个夏天死亡的人是妈妈？那你真的错了，我记得很清楚，那天虽然没有见到她，但是我还能见到她，她来找我，也还给我买吃的买穿的，我也还是管她叫妈妈。她却再也不跟我回家，让我跟这个跟那个一起回家，却从来不是她。她的衣服我看着越来越陌生，她的声音我听着越来越陌生，她的怀抱我感觉越来越陌生。直到有一天，她跟一个陌生人一起出现在广场，我喊她妈妈，她看了我一眼，笑了笑，走了。她笑得很好看，像是每一个动画片上的漂亮妈妈那样的笑容，我也只能像看电视一样陶醉于那样的笑容却从来都够不到。我知道她在杨镇，我当然要去杨镇找她，她是我的妈妈，她又没有死去。"

"可她对你不理不睬，那她跟死去了不是一样吗？或者，活着的只是一个你可以叫作妈妈的人，而她对你的爱是死去了。"烟灰的语气又开始犀利起来，刀锋般地提出一个问题。

我开始嘲笑烟灰的智商，死亡只是相对于肉体，肉体在，所有的都消失了仍然是活着；肉体没有了，所有的所有都在，仍然是死亡了。当然我只是在心里嘲笑他，我并不想把我的这种想法讲给他，我开始认同他的审问，因为我忽然想起了很多事情。

"你现在什么都想起来了吧？"他这样问。

"是的，你说吧，你想知道什么？"

"我想知道，那年夏天你都干了些什么？"

那年夏天，我都干了些什么？

我说："对了，你是要我说我都做过哪些坏事吗？"

"你为什么会这么想？"

"因为我一直不知道你要问什么？什么都不知道的时候，难免要往坏的事情上想。而对于一个六岁的孩子来说……"

"我知道，你在前面已经说过了。可是我并没有说你在那年办了坏事啊，说不定是好事被埋没了呢。当然，用你的话说，也可以理解为犯了哪些错误。"他的语言好像带有某种逻辑性，而且职业的惯性在他那里得到了很好的发挥，他总是以我的主观判断来作为他下一步说辞的开脱。也就是说，他们可能已经习惯了善于把握对方说话的每一个漏洞。

如果说那年我什么都没干，那简直是自欺欺人。不管人有多大，也不管人有多大胆，都会做出些事情来，也不管这些事情的大小与否，总归是件事情。我真的想起来了，那年夏天，是有个孩子死了。他是谁，跟我又有什么关系？

这个世上每天都有很多生命离去，每一个重要的死亡对于别人都是微不足道，我想摆出无所谓的态度，但又觉得内心备受鞭挞，毕竟，是一个生命的离去。对生命的尊重，是作为生命存在的一个潜意识特征。

所以，我还是摆出一副十分合作的态度来。

虽然，我没有像说评书的那样娓娓道来，但也算是抑扬顿挫，我认为我的语气能为我的讲述增添一些可信度，当然，这对于我的回忆来说，也起到了一个比较不错的调和作用。

我开始讲述那个离奇的死亡。

烟灰已经掐灭了手上的烟头，正儿八经地坐在那里看着我，让我想起孩子面对父母时候那种虔诚的姿态，从没有想过会从他们那里得过伤害。这种姿态很快勾起了回忆的深层部分，直达一些细节。

我说，2002年夏天的某一天，我沿着一条路往前走，那条路两旁是整齐的白杨，那些白杨像一把把伞似的竖在那里，所以，我没有感觉到燥热。我走得并不是很快，我的手里还拿着个皮球，我记得那时候皮球还是很新潮的玩具，尤其像我手中拿的这个彩色的皮球，有着红绿相间的花纹，像是花的笑脸或者是大黄猫最乖的呢喃。我的大黄猫已经不见了，它丢下了我。所以我紧紧地抱着我的皮球，我不能丢下我的皮球。

"是这只吗？"他拿出一个皮球。我一眼就认出来了。这就是当年的那个皮球，虽然颜色已经不再鲜艳，可是那温柔的光泽还在。我有想抱住那个皮球的冲动。可是皮球在他手中只是一闪，就藏了起来，像是不适宜公开的罪证。

那个皮球是爸爸给我买的。有一段时间，爸爸只是一个名字，像是空气。是妈妈用来安慰我的空气。在吃饭的时候妈妈会说给爸爸留点好吃的，在睡觉的时候会说给爸爸留着地方，在送我去幼儿园的时候会说爸爸会来接我。可是仍然是我和妈妈吃，我和妈妈睡，我和妈妈一起再从幼儿园回到家。

爸爸代表着盼望，要知道小孩子的热情是持续不了太久的。只有非常热烈的盼望，才会一直持续，持续到盼望的爸爸出现的时候，总是那么高兴。为了这个盼望，我和小朋友打架了。我是流着泪告诉你的，我真的不是一个喜欢惹是生非的孩子。我喜欢画画唱歌，喜欢那欢快的旋律让我高兴地唱跳，喜欢自己把纸上的花儿画得跟真的一样还带着笑脸。我可绝不想去跟别的孩子打架。我的软弱也许为那年夏天后来发生的事情作一个解释，但是为了爸爸，我还是在幼儿园打架了。他们说我没有爸爸，他们的爸爸开着车来接他们给他们买吃的穿的，陪他们游泳打球爬山，而我爸爸却从没有出现过。我说皮球是爸爸买的，他们竟然不相信。要知道，一个孩子不可能穿过如流的人群走一站路去买皮球的，只有爸爸能做到。他们竟然不相信，这无疑是告诉我，我所有热烈的盼望都是没有用的。我用我的拳头和愤怒证明我是有爸爸的，却被桌子撞得流了鼻血。他们在我的暴怒下相信了，我的皮球是爸爸买的。

这样的疼我记起来了。虽然似乎我要供出当年所做的一些蠢事，但我还是表现出激动的情绪，好像我当年得了小红花般荣耀。

"那后来呢？"他的眼睛忽然亮了，像是暗夜里的一道闪电。

看到皮球的那一刻，我已无反抗的能力。所有的一切都只是一转念，我知道我输了，也没有赢的必要，我老实地讲述着：

我边拍打着皮球，边前进着。我觉得皮球的力气好大，一不留神它就会弹出我的控制，我已经丢了很多东西，不想再丢掉唯一的皮球。我小心翼翼地拍着，控制着皮球跟我一起走，那条路很长，但只要是路，总是会有尽头，路走到尽头，就是要到达的地方。那里有人在等着我。

"我已经知道有人在等你了，我想知道你到底去了哪里。"

这个时候，烟灰打断了我的叙述，他眸子里的那道光已经熄灭了，血丝如蛛网密结在他眼眸里。我想他一定在我描述路的时候，已经失去了耐心。他一定不屑于听我将这件事讲得跟那条路一样长。所以，他又点了一根烟。我看到火苗映照在他脸上，看到他的脸上忽然淌下泪来，泪水沿着脸上的疤痕淌到下巴上，又淌到衣服上，慢慢地，领子都有些湿了，从他的领子往下看，我能看到他的胸口也有长长的疤痕，这让我想到那些土匪一样的人物，或者从那里出来的人物。但是，他堂而皇之地坐着，衣冠楚楚，身上的高贵让我连擅闯私宅的罪名都不敢扣在他头上。

可是你不管是向前走的日子还是向后回忆的岁月，都是要有条路的。我还是想跟他说说我的路。

烟灰却很悲伤地说："你能不能快点，你到底去了哪里？"

"是的，我到底去了哪里？"

"你想不起来了吗？"

"是的，或者想起来了，不愿意让自己真的想起来。有很多已经忘掉的事情，还是不想起来的好。"

"那好吧。"他显然同意了我的推辞，这让我心里很高兴。人在高兴的时候，记忆力总会好一些。我忽然想起来。

难道是我？

可我为什么要死呢？我马上觉得自己的想法很可笑。烟灰问我为什么笑，我告诉了他。他补充了一句："也许真的可能是你呢，比如，发生了意外。"

"不会有意外，你想，一个六岁的孩子，自己一个人走在去杨镇的路上，那发生了什么，都不算是意外吧。所谓的意外，只是为什么一个六岁的孩子会独自一人走在去杨镇的路上。"我平静地看着他说。

果然，他痛苦地抽搐了一下。然后我看着他的腿开始盘错起来，他的动作迟缓但不失节奏，显得庄重极了。我开始回忆接下来发生的事情，对了，是那只皮球。我的记忆最终落到了皮球身上，是的，那个暑假我是带着一只皮球去妈妈家的，那是只彩色的皮球，有红绿相间的条纹，它是那样的夺人眼球，我确信，杨镇还没有这样的皮球。

烟灰的眼神刹那间明亮起来，对，皮球，一只皮球，是不是接下来的事情和皮球有关？

是的，确切地说，确实发生了意外。我一个人在桃河边的大柳树下站了很久，考虑着究竟该不该去杨镇，毕竟这是我人生里要独自行走的最远路程，我要考虑清楚。大人夸我是个聪明的孩子，就是因为我喜欢在做事以前想一想。

那你最终去杨镇了吗？烟灰松开了外衣扣子，露出了里面蓝色的衬衣。然后又抽出一根烟，狠狠地吸了几口，然后又狠狠地摁灭在烟灰缸里，他将烟蒂在里面使劲地拧啊拧啊，像是烟灰缸欠了他一条人命一样。面对他这样的姿势，我发现自己的记忆开始明晰起来。

"没有，我觉得爸爸应该在桃河边抗洪，那里离我更近。我到河边的时候，发现有很多孩子在嬉戏，他们当时的年纪和我差不多大，他们的手里拿着各种各样的木棍，他们挥舞着朝我冲过来。"

"他们向你发起了攻击？"烟灰将烟盒里的最后一根烟抽了出来，点燃。

"没有。"

"竟然没有？"

"是的，没有，虽然他们是冲到我的面前的，但是都站住了。他们拉足了架势，比河里的水还要满，你知道吗？河里的水已经快漫上来了,河边的青蛙在跳,河边的草在摇摆,我能听见河里的鱼在扑腾。"

"可我只想知道他们如果没有攻击你,那他们到底做了什么?"

烟灰的目光里充满了一种愤怒,我想我还不至于让他如此愤怒。他又何必愤怒呢?

"他们的目光并没有针对我,而是我手里的皮球,我下意识地将皮球藏到了身后,眼神也不由自主地向四处张望,当时我多么希望有个大人出现啊,但没有,直到他们冲过来,也没有一个大人的影子,大人们都和爸爸一样抗洪去了。我近乎绝望了。"

"你的皮球被他们抢去了吗?"

"没有,我紧紧地抱着皮球,撒开腿就跑。"

"你是沿着来时的路吗?"

"我不知道,我当时已经顾不得了,我跑得上气不接下气,那么长的路我已经走得很累了,但现在,我不能停下来。"

"他们追到你了吗?"

"当然,他们把我围在中间,就像一个栅栏一样。如果要突围的话,除非我有翅膀。"

"那就是说,他们还是对你进行了人身攻击?"

我仔细想了想,坚定地说:"没有。"

"那到底发生了什么?"

我想起来了,我真的想起来了。我想起来的时候,身体就开始痛苦地颤抖,如同我当年。

"他们说我是个野孩子。"

"就这一句?"

"那还要多少？这些已经足够了。"我怒吼道。一个孩子的世界就是爸爸和妈妈，谁想自己是没有爸爸妈妈的野孩子？可我已经觉得自己是个野孩子了，妈妈丢下我离开了，爸爸也不再管我了，我可不就是野孩子吗？

那群孩子中领头的胖子的脸在怒吼中挤成了一团，我想他一定迫不及待了。我冷冷地说，你们想要这只皮球？他们又向我靠近了一点，胖子已经向我伸出了一只手，他的那只手也是胖胖的，像另一只皮球。

"你把皮球交给他们了吗？"

"没有，我把皮球扔进了河里。"他们迅速向河边奔去，我看到皮球浮在河面上，像一只不沉的船，我哈哈大笑了起来。

"对，就是这里，当时，是不是有个孩子跳下去了，再也没有上来？"

"没有。"

"没有？据我们所知，当时有个孩子为了这个皮球，跳了下去，后来镇里有人报案，但因为当时抗洪形势严峻，又没有打捞到尸体，这事也便成了悬案。"烟灰的表情开始变得狰狞起来，好像我就是当年的犯罪嫌疑人。

"当时确实没有人跳下去，他们只是冲到河边，对着飘远的皮球看了几眼，便转过身来，转过身来惊恐地四处去喊，我不知道他们为什么这么惊恐，所以我当时没有喊。"我说，虽然我明知道这声音他是听不见的，但我还是要说，这些年，他一直就这么来找我，我一直就这么对他说。重复是多余的，但是他总是要来听我的重复。我已经不想再重复了，可我走不出这间屋子。对于一个走不出屋子的人来说，在屋子里就是要不停地重复。

烟灰没有再说话，将脸颊贴在我冰冷的脸上，然后哭泣。

这是他重复了很多年的动作。我这才想起，他虽然不停地来来去去，可是却也像是再也走不出这间屋子，所以，他也只能不停地重复。就像当年他在岸边，望着水里挣扎出来的小手，迈出的脚又收回去，收回去的脚又迈出来。我见过他在桃河里游泳，他悠闲自得地浮在水面上，朝我伸出手："儿子，长大了爸爸带你一起游。"我就挣扎着往水边去，妈妈就抱紧了我微笑地看着他。岸边的青草年年都在疯长，他从青草里入水时的身影何曾有过犹豫。可是那天，他就是这样重复了，虽然只有两次。

这重复叫我有点疼痛。

这疼痛让我的心开始温暖，我的眼神开始迷离起来，记忆在这一刹那间复苏。

他们向我围了过来，我看到皮球漂浮在水上的样子，那是一个很轻松的样子，像是爸爸在水里和我招手，我想和它一样轻松，于是，我便跳了下去。

水漫过我的头顶，我在水里挣扎着，挣扎着，但是还在往下沉，我感到胸口发闷，好闷，我禁不住张开了嘴，于是就觉得越来越舒服，越来越舒服，像是这个烟灰忽然松开了紧绷着的脸，温暖地抱着我。我朝他伸出手，喊道：爸爸，救我。我生怕他说我是个野孩子，他重复的脚步告诉我，他想着我就是个野孩子。我带着绝望闭上了眼睛。睡梦里他跳下了水，朝我伸出手来，那手宽厚而有力，洋溢着暖意，带着我长久的渴望。我向他拼命游去，像是游向本不属于我的原谅和生命。他是在哪里受过伤了，脸上流着血，身上流着血，一团团的血在水里烟花一样四散，他也在下沉，下沉的速度比我还要快，我们一起沉着,像是一起走在杨镇没有笑声的路上。

可是水里忽然出现了鱼群一样的手,托起了他。

"我以为那会是我们最轻松最幸福快乐的时刻,我是想永远陪着你的,你就是我的生命,不管在世界哪一端。"烟灰说。

我眼神犀利地看着他,想问他野孩子也是他的生命吗?他又哭了。泪水打湿了镜框,他轻轻地擦着,看着嵌在里面的我,然后紧紧把我拥进怀里。

他的哭声混乱了我的回忆,我无法想起那年夏天到底干了什么,是活着的在痛苦里如同死去,还是死去了的永远留下来一直活着?

唱戏的人

那一年，茂盛的青草包围了青草坡，高的腰深矮的溜着地皮，绿油油青葱葱在风里呼喊着向村庄推进，眼看着就要翻墙入院了，却在墙脚下停了下来。那时候农村还没有这么高不可攀的围墙，家家户户紧相邻着，随便堆砌的土坯墙也就一人多高，虽挡住了草的脚步，却连全爷和他爹在院子里吵架的声音都挡不住。

"我要去唱戏，我就是要唱戏，你管不了我。"他跑着喊着，地上的黄土扬着。

我站在凳子上隔墙望过去，他爹挥舞着一个笤帚疙瘩，高高地举起快速地落下，高粱壳子四溅，笤帚都要散掉。

"我叫你唱戏，我叫你唱戏——"他爹追着斥着，院子里的鸡吓得四处躲。他那条忠心小白狗躲在东墙角，没办法，这是他爹打他，小白狗也不敢和平日里一样站在他身旁汪汪。

我爹也听见了，说，张全咋就那么随他娘呢，非得去唱戏，戳着他爹的心病了，这不找打吗？娘说海娃你赶紧喊你全爷割草去，叫他少挨两下。

全爷跟我同岁。生下来我就得管他叫爷，小的时候还敢嘻嘻哈哈地喊他的名字，越大叫爷叫得越认真。有时候也想，青草坡代代绵延着，到我们这一代跟全爷都不知道该往哪里去查祖宗了，但是没办法，就还是得管人家叫爷。

"全爷，割草去了。"我跑到他家的门口喊了一声，他们便戛然而止。全爷拿了一把镰刀蹲在地上，在一块磨刀石上来回地蹭。蹭一会，就在水盆中浸一下，再提出来的时候，弯弯的月亮顿时能装进去人。这手绝活我是很羡慕的。我一向坚持认为这需要天赋，因为我的镰刀一向是爹磨的。我磨出来的割不了一捆草，就已经钝得只能砍草根了。

割草的天赋上，我是绝对不如全爷的。可是全爷的爹却说，你看人家海娃，多知道干活。这一季子庄稼要绝收了，该下种的时候大旱，这会儿却风调雨顺的只长草，就得多割草多养牛羊。全爷说，知道了，我一定多割草多养牛羊。他爹说，这才是好样的，以后爹就指着你养家了，你可别学你娘唱戏去。全爷说，我不学娘，娘唱青衣的我长大了唱红脸。全爷说时，一脸的神往。他爹气得想跳起来，全爷拉了我赶紧走了，身后追出来他爹的叹气声。

那时候的村子里几乎家家都养有牛羊，像我们这样半大的孩子，主要的任务就是割草了。孩子成群，牛羊成群，青草坡曾一度被我们的镰刀削得不见青草。

"今年草真多，割草真省事。"我说。河湾子里静静的，清清的水潺潺地流，小鱼小虾在里面撒着欢。

"可是今年庄稼长得不咋地。"全爷说，"等几天要拉戏班子了，你去不？"

我心想着，为什么不是拉歌舞团？那样的话我一定去报名，镇上三月三庙会时候歌舞团那震耳欲聋的旋律和一大群人疯狂地又蹦又跳多叫人激动，门口买票的挤成了堆多挣钱。旁边两台戏慢腾腾的锣鼓声和吱吱呀呀的哼唱声，台下不用买门票依然冷清清的人群，跟赶会的热闹劲多么不入流，这会儿还想着去学戏的人得多傻啊。

但是我嘴里只能说："学戏啊，唱不好，不想去。"再往下若多说了，一向自诩为戏曲世家的全爷定会跟我急眼的。这是有经验的。那次说多了害得我好几天割草没了伴，割了好大一捆上不了肩，也没有人给扶一把。

听娘说全爷的娘唱戏是很好听的，娘说她出场的时候，满场都不会有一个人打喷嚏,她在戏台上一站,水袖轻盈地往胳膊上一搭,细腰身微微一探,头轻轻一点,美得跟仙女一样。

这样的场面我没有见过。我也没有见过仙女,也没有见过全爷的娘,就跟我记忆里也不知道什么是荒年一样,都是听了别人说,然后自己去想象。

青草坡的戏班子是传了好多年的,兴盛的时候北上河北南下湖南,热热闹闹也是名声一片。唱着唱着,戏班子越来越不值钱,唱戏很难养家糊口了,班子就慢慢散了。青草坡一遇着颗粒无收的大灾年,村子里的老班头就晒起了戏箱子,人们就跟着这戏或者是戏跟着人们四处讨生活。我眼见得蟒袍玉带凤冠霞帔刀枪棍棒锣鼓梆钹在太阳下这么一亮相,村子里顿时热闹了。原来这些戏具都有他们各自的主人。尤其是那些平素蔫不搭的人儿,戏服一上身,顿时眼也亮了腰身也挺了声音也铿锵了,一招一式一板一眼地比画起来,那喊声和锣鼓声听得人热血奔涌的。

娘在吃饭的时候跟爹说村里要拉戏班子了。爹叹口气说荒年里拉班子唱戏也是巧讨饭,三爷爷当时就是为了全家口粮远走他乡唱戏被土匪给活埋了。爹说这话的时候表情平静。我也平静地听着,却不由自主地想起每年清明,爹总要在路边点上些纸钱喊着三爷爷来领钱了,边喊边说回来吧,现在不缺那俩钱了。那声音总是伴着鞭炮声传出多远,传出三爷爷的后人对他当年离井别乡的感动。

爹的三爷爷那当然就是我的三老爷了,村子里的老人,还有丁点的回忆,说他扮相俊俏身手矫健,是青草坡的半根台柱子,我曾经为这句话伤心很久,为什么是半根不是一根呢,可是老人们是不会因为我的伤心更改对一个人的评价的,我也只能习惯着为半根自豪了。他要活到现在，该有九十多岁了。全爷的娘听说是风华正茂的时候抑郁死的，活到现在，也不过是五十岁左右，那三老爷该是她的师傅了。这么算来，我家才是真正的戏曲世家。这种阿Q样的算法，曾让我瞬间兴奋起来。

这种兴奋，让我对村子里年轻人面对拉戏班子的事情无动于衷而愤慨，几次我都想找老班头去报名，但是想想那冗长的戏文和冷清清的戏台子，终于还是拿起镰刀去河湾里割草了。

河湾里的草依旧是每天迎风摇晃着等我，全爷却不是每天都和我做伴了。他爹终究没有拗过他。他已经开始跟着老班头学戏了。偶尔跟我做个伴，嘴里却是一刻也不停地哼着。他割草的速度依旧很快，自己的草捆打满后，却再也不肯帮我割了。他对着河湾里那清悠悠的水蓝澄澄的天，站得端正，左手叉腰，右手捏着兰花指，就扯着嗓子喊：西门外哎——

"全爷，嗓子喊破了。"

"放罢了——"

"全爷，你嗓子真喊哑了，歇歇吧。"

"知道啥，喊哑了也不能歇，要哑着再喊出声来，将来的唱腔才能喊清拔高。"全爷说着，继续在河湾里喊起来，我加紧弯腰割草。青草一片片地倒下又被捆起来。

"全爷，我也割够了，你咋不往下唱呢？"

"这句还没有唱好呢，这一嗓子要是亮不好，再往下唱又有啥意义。"全爷说着，将头很有气势地一甩，又唱，"放罢了催阵，放罢了——"

有时候太阳就会在不经意间染红河湾，又会在不经意间放出苍茫的夜色来。我扛着夜色回家的时候，爹和娘就有些担心了。

"以后你别和张全一起割草了。回来这么晚多耽误吃饭。"爹说。

"就当看戏了。说不定将来他还是个名角哩。"我边说着边端起碗去吃娘擀的面条,又薄又筋道,还放了芝麻叶和葱花,闻一下都流口水,端起来哧溜溜地就是一大碗进肚了。

吃完了才想起来,今年是荒年啊。我为难地看着爹和娘,想他们不知道有没有吃饭。我甚至有点悲催地想着我会吃光家里的口粮,叫爹和娘饿得浮肿着。我忧伤着说出了自己的担心,却惹得爹娘一阵大笑。

爹笑着抽了口旱烟,却呛出了泪水,他在鞋上磕着烟袋锅,咳嗽着说:"乖娃啊,真长大了。现在能有多大的荒年,就是秋季不收钱包子紧巴点,政府有救济面粉和救灾种子,能饿着谁?"

"那他们还拉班子唱戏啊?"

"出去挣钱啊。"

"这年月了,草头班子唱戏还能挣着钱?"我不屑地说。爹一阵高兴,说:"还是俺娃看得远。"

我很骄傲地想着自己的目光能看多远。站在青草坡的高岗上,穿过片片起伏的田野,目力所及的最远地方是一条蜿蜒的大蛇,黑色的弯曲的身子在天际处盘旋,看不到它的头和尾,只听说它通向很远的地方,那里不会有荒年,还可以往家里带回钱粮。我想放下手中的镰刀从那里走出去,一如三老爷跟着戏班子去远方。

我还没有走上那条路的时候,村里的戏班子就要出发了。临行前在村里连唱三个晚上给父老汇报给自己壮行。

全爷这次没等我去找他,跑到我家喊我去割草。

"要走了,还不歇歇。"

"不行啊,我一走我爹就忙了,我得多割点。"

"你还可孝顺哩。"

"那是,咱是唱戏的,戏里都是忠孝礼义,学不会怎么唱戏?"全爷说着,站在河坡上撒了一泡尿,白亮亮的线条落入草丛中,如洒了一层露水。他说最后一个晚上是他主演的《南阳关》,叫我一定要去看。

其实我每个晚上都去看的,全爷在前两出戏里都是跑龙套的角色,一次是演一个兵,拿个棍去打一个不孝的儿子,打完就下去了。一次是演一个番邦的将军,出来拿着刀舞了一下,就被我方的保国将军砍倒了。最后一个晚上他出场的时候,和前两次不同,脸上涂满了厚厚的油彩,粉的脸黑的眉,白色的武将戏服后插着旗,马鞭子利索地一扬,我几乎没有认出他。只在他喊出:"西门外哎——"我知道是全爷出来了。

我全神贯注地听着,听他唱:西门外哎放罢了——

正是盛夏,人群中混着好大汗臭味,忽然一阵夜风,身上顿时轻松许多。我想着戏罢后约全爷去河湾子好好洗洗去。他这一去,怕是再不能在故乡的清水中泡个痛快了。

人群中突然嘈杂了起来。

"张全这是要把他娘的牌子给砸了。""唉,喊不出来啊。破锣嗓子天生的,再怎么练也不行啊。""就这样的主演,张家班咋出去唱戏呢?"

我听得浑身冒汗,台上的全爷似乎也听到了。只能说是似乎,毕竟他站在舞台的中心,下面的声音不太可能听得到,但是看看他的样子,手眼身法全乱着,还没有在河湾子里练习的时候板眼齐整,却又像是听到了。

此后的多年，我好想跟他求证一下，却始终没有敢问。而全爷，对那天晚上的演出也是绝口不提。他跟着戏班子出去了半个月，听说一直是跑龙套，再没有主演过，自己受不了，就回来了。这个时候我已经决定跟着回来招工的邻村人一起去南方了。那人问他要去不，他一口答应了。

　　工作比割草还要简单，就是不停地往鞋里面塞垫子。传送带上一双鞋传过来，赶紧把面前的垫子塞进去，要快并且不停。车间里机器轰隆隆响着，带班的人不断地身前身后转着，像盯贼一样地盯着，嘴里不停地催着，与在河湾里自在割草是不可同日而语的。一天下来，人累得跟散架一样。

　　"全爷，唱几句戏吧。"晚上下班的时候，出了车间，耳朵猛一清静，我总有这种愿望。全爷有时候也会哼几句给我听，什么"贾家楼结义三十六兄弟"，什么"上前去劝一劝贵妃娘娘"。却再也没有听他唱起过"西门外哎放罢了催阵炮"。

　　工作是枯燥无味的。发钱的时候却是让人血脉贲张的。在青草坡割多少年青草，也没有在这里塞鞋垫子一个月挣得多。忽然间我知道了，自己在青草上浪费了多少钱。我给自己买了一个随身听，买了很多磁带。工友们也都这样，大家相互交换着磁带听。不管是一千零一夜，还是一天一夜，都把我们带到另一个世界，在青草坡从没有想到的世界。

　　"我给你唱戏听吧。"全爷一天无聊地说。

　　"全爷，我给你唱歌听吧。"我说，"让我一次，爱个够，给你我所有……"

　　"你听我唱戏，我请你去外面吃烩面。"全爷恨恨地说。他这么一说，我当然一口答应了，耐着性子听他唱："论吃还是家常饭，论穿还是粗布衣。"听着感觉那些老古董真的落伍了，不像流行歌曲里那样唱着:"亲爱的小姑娘,请你不要不要哭泣。"多过瘾。听他唱了几次,吃了他几顿烩面后,我再也不听了。全爷就失去了唯一的听众,每天只能自己唱给自己听了。

因为跟大家的爱好不一样,在青草坡颇有孩子王风范的全爷,在这里被冷落了。他干了几个月,就换了一个厂子。随后我也换了一个地方,找到了一个更轻松又赚钱点的工作。换了一个环境,就接触了更多的陌生人,口音嘈杂,听不清各自要表达的意思,却都听着同样的流行音乐。

慢慢地,我学会了很多外地话,却无比怀念起全爷唱的"西门外放罢"了。而我们跟同在青草坡一样,仍然同在一个城市里,却相互没了音讯。我在外面一漂就是三年,回到青草坡的时候,正是青草枯黄的季节,白雪皑皑覆盖了大地,青草坡被遮盖了原来的模样。

大奶奶给我介绍了一个对象,红扑扑的脸蛋水灵灵的眼睛,看得我心里痒痒的。大奶奶说她叫彩云。她看着我就笑。

习惯了南方的暖和,我以为这个季节回到青草坡,会感到寒冷。那天我确实也咳嗽了几声,没想到过了几天,彩云竟然托着大奶奶给我送来一件自己织的毛衣,很厚实很合身,穿身上,热乎乎暖洋洋的。

爹和娘看着我在镜子前来回扭着身子照那件毛衣,脸上笑开了花。

"这妮心灵手巧的,就是她妈生病,家欠的有账,结婚的话,得替人家把账还了,别的人家也不图啥。"

"欠多少钱啊,爹。"

"一万多呢。"爹忽然收起了笑容。叹口气,蹲到地上去磕烟袋锅。然后打开了收音机,一段唱腔传来:长江水焉有那回头之浪……

爹听着，烟袋锅子晃悠着，慢慢竟晃出了拍子。我想这应该是我一生中最为体面和伟大的时候了，三年的苦累，再多出来几倍也是值得了。我掏出了存折，递给了爹。爹仔细看了一下，烟袋锅掉在了地上，说："娃真行，这钱够娶媳妇了。"

然后爹捡起了烟袋锅又说："比张全强。彩云先是说给他的，他吓得都没敢吐口，也出去打几年工了，看来没挣着钱。"

"全爷也回来了？"

"比你早些，这又走了。说是自己跑生意呢。"

"不会是又回戏班子了吧？"

"戏班子早散了，现在上面的职业剧团下来演出，都没有人出钱，何况农村的草台班子。"

"在那边都是差不多的工资，全爷也不是乱花的人，咋会没存到钱呢？"我说。心里想着是不是他看不上彩云或者是钱握在手里舍不得拿出来了，但是怎么想又都觉得不像，一起长大的小伙伴，我竟然猜不到他的心思了。

还是结婚以后彩云告诉我，当时大奶奶跟全爷一提亲事，全爷就直截了当地说自己想找个会唱戏的。而彩云连看戏都不太喜欢，所以他就推了。

"幸亏他是想找唱戏的，要不然我还得管你叫奶奶哩。"我酸溜溜地说。彩云抿嘴笑了，说："不是一家人不进一家门哩。"我们结婚后的第二年，全爷在春节的时候回来了，在我家里看见了彩云，端起当爷的派头。

"孙媳妇，给爷倒杯茶来。"

彩云笑着给他倒了一杯茶。他又嚷着要抱抱重孙子，我小心地将白胖的儿子递到他手里，小家伙的小嫩手朝着全爷的脸上挠了一把就啊啊地哭起来。他忙上下摇晃着，说："你都敢抓老爷子的脸了，好厉害啊。"

小家伙还是哭，彩云忙接过去哄。全爷却掏出五百元钱，说："见面礼啊，不许推。"

那年头，青草坡的礼钱大方的也不过是五十元钱，大多数还都是二十左右的。五百元确实是太大了，我忙推却，他却很坚定地将钱塞进我的口袋里。

"你是真挣着钱了啊。"我说，"掏这么多，要吓着我。"全爷嘿嘿地笑笑，没有说话。他确实是挣着钱了，自己买个罐子车拉气，从甘肃内蒙古这些地方拉到南方去，一趟下来都能赚大好几千。他最初是租的车，一年的时间就自己买了辆三十多万的车。这些我都是知道的，但是人家挣的钱毕竟是人家的，我没想到他这么念旧，出手这么阔绰。一霎时，着实感动了。

"有钱了还不赶紧娶个媳妇啊，再娶晚了，就是我儿子去闹洞房了，轮不着我了。"我一本正经地说。

"不会，今年就结。"他说。

"好啊，我们就等着喝你的喜酒了。"我心里想着，他结婚了就把这五百元钱还回去了，收人家这么一份大礼，着实不自在。可是这五百元钱一接就是好几年，直到我和彩云都要谋划着儿子读小学的事情了，还是没有喝上全爷的喜酒。

"咱俩文化浅，在外面挣钱都是力气钱，说啥也得让咱儿子好好学习，将来不走咱们的老路。"彩云的这个主意我是赞成的。我是割草长大的，说啥不能让我儿子再天天拎着镰刀去割草了。

现在的青草坡，荒草都长到了院子里，也没人割了。有养牛养羊的，都是喂的饲料，长得快长得肥，卖钱多。没有谁再去散养了。青草比小时候的荒年要茂盛很多。我看见了它们在风里摇着摆着，却也只是看见了，再没有别的感觉。

每次和彩云一起出去打工，倒像是回到了故乡，习惯了那里的作息时间和饭菜。回到了故乡，却像是旅行。要不是爹娘在，我真不知道我该怀念这里的什么了。怀念小河湾？他早已经成了臭水坑，被鸭场猪厂排出的粪便沤满了。别说在那里洗澡了，走到附近都想绕着点。怀念亲朋好友？见了面都是问挣了多少钱，说多了不自在说少了没面子，说上几句话，便都怯生生地散开了。

"要不咱们去城里买房吧，买个离学校近的，爹和娘接他上下学也方便。"我的这个提议很轻易地就在家里获得了通过，自然也得动用家里所有的积蓄了。我正为口袋里空空如也连出门的路费都成问题的时候，全爷给我打电话说他要结婚了。

我跟彩云说他可真会挑时候，我还想着多给他点哩，这也只能给他五百了。彩云说现在这五百可没人家那时候的五元钱值钱哩。

"没办法，谁叫他不挑个好时候呢。就这还得去借呢。"

"他不会真娶了个唱戏的吧。"

"还真得问问哩。"我被彩云勾起了好奇心，竟然一夜都没睡安稳。这在我这个年纪来说，真是有点太孩子气了。

全爷很快就领着新媳妇回村办酒席了。新媳妇长着窈窕窕的身材，晃着慢悠悠的步子，在村子里很快就引起了轰动。虽然青草坡的青壮年都外出谋钱去了，只留下些老弱的看门的，但是他们身边还是很快就围满了人。

还真是个唱戏的。全爷说是省里职业剧团的。娘看了看新娘子后回去对我说，这新媳妇的标致劲，跟当年全爷的娘真是有一比。

全爷的娘究竟有着怎样的故事？我这次真的忍不住打破砂锅问到底了。我紧紧地追问了，爹就只好叹了口气，娘也叹了口气，他们讲完后，我也长长地叹了口气，说："就在一起唱唱夫妻戏，就唱得跟别人跑了？那个男人真的狗屁不是？"

爹说那男人要是真好，全爷的娘会自己再跑回来还得了失心疯？这都是入戏，入戏啊。他娘自己入戏了，干的事也入戏。你可别在张全跟前说，就咱家和全爷他爹知道，张全自己一点也不知道，更不能对别人说，这是家丑啊。

全爷似乎真的不知道。结了婚以后，竟然卖了罐子车，买了一套新戏箱，拉起戏班子来。他将崭新的戏服和道具摆满了自己的院子，请来了职业剧团的教戏师傅，然后跑到电视台去打广告招生，管吃管住管教戏，还真招来了几个年轻人。

那时候彩云给儿子养了一只兔子，养在一个小笼子里，它在里面安静伏着。我就喊了儿子上地去给小兔子割点青草。地里杂七杂八的秋作物，早都统一种成了玉米。玉米也不是以前的老白牙了，而是买回来的黄澄澄的种子。下种的时候外面都包着一层药，出苗后地里再打除草剂，满地不再有青草。

青草坡的青草却依然顽强地站在脚下墙角下或者地头不曾被药扫过的地方，茂盛地摇着脑袋。儿子蹦跳着拔了好多他认为小兔子会喜欢的饭菜，但其实那些都不是兔子喜欢吃的。我想起我在他这个年纪的时候，都已经会用镰刀帮家里干活了，我能很清楚地知道兔子喜欢吃什么，羊喜欢吃什么，牛喜欢吃什么。

但是儿子现在也知道很多我那时候不知道的东西，他知道丹麦有美人鱼，他知道白雪公主和七个小矮人。

全爷叫他的团员们举行拜师仪式的时候,我特意带着儿子去看了。按张家班的惯例,晚上拜师。明亮的灯光盖过了月光,音响里的唱腔压住看热闹人的喧哗。红布盖住了方桌,上面摆着一个面白无须眉清目秀头戴王帽的雕塑,据说那就是戏神李隆基。一通鞭炮声后,全爷领着新招来的学员跪拜了戏神和从职业剧团来的那个师傅。那个师傅平素里很拘谨的,见人总是很客气地打招呼,点头哈腰地很拘谨。这一刻却正襟危坐一脸严肃,任别人磕头,不闪也不避。

回去后彩云说:"他还真弄成了。"我怎么听着这句话都带着些酸味,等儿子睡熟以后,把她摁在被窝里一顿好收拾,等到天亮起床的时候,就都忘了全爷的剧团,忙着去城里收拾房子安顿儿子。然后就又去南方苦干了一年。春节回家的时候,却听爹说全爷的戏班子散了。

"为啥?"

"团里没有名角,没有人请。几十号人开销也大,光靠张全那点积蓄,能撑多久啊。"爹惋惜地说,"折腾来折腾去,还是又穷了。"

爹还想收拾东西回青草坡过年,娘不高兴地说你这不也是折腾来折腾去,他是折腾穷,你是穷折腾。爹说能折腾就是还活着,死了不折腾。

"要不,咱们今年在城里过吧。"我说。不知不觉的,这个家里,我已经是发号施令的人了,我的提议,除了彩云偶尔反对过,其余都是赞成的。爹说我这长这么大,还没有在青草坡以外过新年呢。但是看着家伙什的都搬到了城里,也不想为了过个年再搬回青草坡。

不管在哪里过年,都是要备年货的。在外面省吃俭用了一年,过年该花的都是要花的。商家也都算着日子,算着这个时候该往外掏腰包了,这家超市门口舞狮子,那家商场门口就咚咚呛呛地唱歌跳舞,变着花样吸引人。最吸引我的还是突然传来的几声唱:西门外哎放罢了催阵——

我顺着声音挤了过去,他没有涂油彩穿戏服,我一眼就认出来了。他正左手拿着话筒,右手比着兰花指,一脚朝前一脚断后在一家商场门口的小台子上清唱。虽然身材微微发了福,但是那目空一切的神态,可不正是全爷,正是那个在青草坡的河湾子里和我一起割草的张全。他的声音在这一片喧嚣的地方,清亮亮地传了出来。我想,这是他在河湾里喊破嗓子终于喊出来的声音吧。

小台子前一向沉默只等着抢糖果的观众,竟然也为这声"西门外放罢了催阵炮",鼓起了稀疏的掌声。

"好!"我大声喊着,用力地鼓起掌,这掌声很孤独很响亮。全爷明显是听到我的声音了,他明显是也看到我了,因为我们目光相对的瞬间,我看到他的眼圈红了。他继续唱着:西门外哎放罢了催阵炮,伍呀伍云召,伍云召提枪上了马鞍桥——

儿子嚷着想走,我脸一沉怒道:"别嚷,这是全老爷在唱戏。"真的,这一会,我只想静静地听他唱完。这在青草坡耳熟能详的唱段,这会儿我却像是第一次听到。

晚上我请他到家里吃饭,他和媳妇都来了。彩云很热情地炒了一桌子菜,爹从床底摸出了表哥在十多年前送他的酒。

"酒是陈的香,人是故乡的亲,来,全叔,今儿个好不容易聚上了,一定要好好喝两盅。"爹说。有爹在那张罗,我自然是坐桌角倒酒的份。全爷倒也不客气,跟爹杯来盏去的一会儿都面上飞红了。

"赔光了,娃啊,叔这次都赔光了,十几年的积蓄赔个光光净,赔得我现在唱戏跟讨饭一样。"黑头发的全爷拍着白头发的爹,一个一个娃地叫着,爹恭敬地听着。

"不过没啥后悔的,我总算是做了自己想做的事,你看,我练了多少年,现在,终于喊出来这嗓子了,西门外哎——"全爷边说着边唱起来。他媳妇在旁边忙拦着说:"城里房子小,你别吵着邻居了。"

"婶子啊,没事的,我进城后一直也憋着的,我也想唱呢,西门外哎放罢了催阵——"爹说着也合起了腔。我默默地起身关好了窗户和门。

高山流水

一

那天下午三点，闻声开门的黄小龙惊呼出声："屈泽？"

他脊背上顿时一阵凉意攀爬，使劲揉揉眼睛，门前月季红艳，两只蝴蝶在上面追逐，惨白的阳光涂了一地，诡异地闪烁着。

黄小龙大学毕业后考回老家的小县城里做了公务员，眼见得别人都努力上进的时候，他却在业余时间开始经营网店。那个时候还很少有人知道网购，县城里也找不到快递公司，客户的订单只能通过邮局邮寄，速度慢价钱贵，每单交易最重要的是跟客户谈好运费。还好那时候的客户不挑剔，愿意付高邮费也愿意慢慢等。等到网购忽然成了大众名词，快递公司短短几年内，也如雨后春笋般涌现在县城里，黄小龙的网店已经是十年老店了。

十年的岁月，一起步入小县城的同事们，间或也有一两个升迁的，大多数都还在原地徘徊，领了工资后还房贷，还完后开始算计着家中的吃喝日用，猪肉偶然猛涨，便觉得惶惶不可终日。更有些身边的同龄人，拿着一堆信用卡，这张套现了还那张，几张卡来回倒腾着过日子。黄小龙却在县城里全款买了一个别墅一样的小院子自己住，还在中心地段买了两间商铺收房租。虽然称不上大富，在很多人眼里已经是成功人士了。

因为公务员不能经商，所以没办法申请开公司，日渐旺起来的网购平台，他都没办法参与。虽然闲的时候梳理一下自己的挣钱思路，开个公司，注册商标，利用现有的平台和客源做自己的品牌，再利用网络上创出的知名度，把货铺到各大批发市场去寻找各地代理商做实体，这个很多人已经屡试不爽的模式，自己不试一试很是遗憾，但是这个遗憾并没有真的推动黄小龙往前迈出决定的一步，他舍不得辞了工作离开这里大干一番。

网购普及后，增多的不仅有买家，还有大量的卖家。一款产品热销，同类产品便如雨后春笋般出现好几页，比着搞促销，比着拉客户。这种竞争下，单打独斗的小店铺，是争不过团队化的企业店铺的。纵然十年老店，面对这种强大的竞争，也慢慢扛不住了。黄小龙就更加抱怨起自己的胆小来，拿不起放不下，不敢放开手干一场。这不，屈泽的出现，让他更加坚信自己胆子小，大白天，哪有鬼？明明是老同学上门，还把自己吓得腿软。

"是不是听说我死了，看见我很意外？"屈泽笑着迈进了门。院子里花香四溢，葡萄架上青果隐现。一切都还是尘世模样，却因谈论死亡，而忽然间静得出奇。

"是啊，刚毕业就听说你生了一个什么病，然后就没有你消息了。大家都说你先登极乐了。你不是从西天回来探亲的吧？"黄小龙哈哈笑着说。

屈泽是黄小龙高中时候睡在下铺的兄弟。有一年的时间，他们几乎白天黑夜形影不离，关系非常好。他曾经为那个消息伤心了好久，如今屈泽有血有肉带着一身热气出现在面前，他以为已经麻木了的感情，竟然在身子里萌动，催得鼻子发酸。

昨天收到一个快递过来的请帖，是一个不太熟的亲戚寄来的。上面印了三个二维码，依次是1000元、500元、200元的扫码支付。他觉得跟这个亲戚的交情，也就只值200元，就拿出手机，用微信扫了200元支付过去。那边回一句"谢谢"，他说了一句"新婚快乐",那边又说了一句"谢谢",就彼此间再也无语,就此结束。黄小龙也不知道自己的感情什么时候开始变得麻木。不知是自己先麻木了别人才麻木,还是因了别人麻木,所以自己只能麻木。

人与人间的沟通,因了信息的发展,越来越方便,却变得越来越奇怪。能对陌生人打开心,对身边人却都绷住了脸。能在朋友圈不停晒心迹,却在面对面时懒言语。

"是肝癌,把肝换了,命保住了,从此穷了。长在身体上平时并不在意的器官,换一下,原来需要那么多钱。这几年只顾挣钱还债,少与同学联系,好多人都以为我死了。其实人活着,钱没了,也不比死了好过。"屈泽低声笑着,和黄小龙来了一个热情的拥抱。

黄小龙也拿出热情,准备在一个真实的肉体上,回味自己走远的青春,就也张开怀抱,要来一次紧紧相拥。屈泽却与他稍一接触,便分开了。

"你这小院子挺不错的,看来真是发财了。"屈泽在院子里驻足,四处打量,连声称赞。来过黄小龙小院子的人,大都会说出同样的话来。不仅因为这院子确实漂亮,更因为黄小龙空着两手来到这个小县城,靠自己的努力,在房价飞涨的时候,住得如此宽敞。而且他的钱还来得光明正大,可以随意显摆。这让身边很多人望尘莫及。

于是经常有人过来跟黄小龙讨教如何在网上赚钱。能张开嘴来问的,都是够得上的朋友。起初黄小龙也很耐心地教他们如何申请账户,如何上传商品,甚至还把自己的经验毫无保留地教给他们。后来发现,来询问的人几乎没有成功开店的,有的听听就算了;有的申请了账号,上传了几个商品就不管了。

原来都是想把在网上开店当作第二职业,以为可以轻松赚钱不用费心思,以为只要店开了,就啥也不用管,只等别人买了自己赚钱就行了。又哪里晓得做网店的,日夜守着电脑、手机,凭着网络,接待着网上的八方来客,又怎会比坐在实体店里等客户轻松。

这些网上来的生意,不比现实中的人情网关系网好懂。

黄小龙发现自己说了也是白说,就不再愿意跟问询者多说了。没想到这个多年不见的老同学,也是为了这事情来的。

"小龙,咱们是老同学,你这次可一定得帮帮我。我换了肝后身体差,打工不行,只能自己做生意,卖过服装卖过副食卖过化妆品,都没有成功过。外债三十多万,日子过得苦伶仃的。你看你的生意做得风生水起的,教教我吧。"

屈泽说着,眼圈都要红了。

黄小龙听得心里难受,就说:"现在网上生意也不好做。卖哪种产品的,在淘宝上一搜,都得好几页。好多人在拼价格,你一个产品做好了,用不了几天,就有人卖得比进价都低,在赔钱拉销量。你要不跟他拼价格,就卖不出去了,你要跟着他赔钱,还做啥生意哩。我都不想做了,这个泥坑,你还是别往里陷了。"

"那不也有很多人在这上面发财了吗?"

"是啊,那都是有资本的人。现在最赚钱的,是做自己产品的人。一手货源,质量上有保证,还能控制价钱,保证自己的利润。有了利润,才好做推广,越做推广,卖得就越好。这是个良性循环。"

"小龙,这是个好办法。我们也会有自己的资本,我们也做自己的产品吧。"

"也不容易啊。也要……"

"我知道你能行，你一定要拉我一把，就当是救我。"屈泽说着，眼眶中涌出泪水。

黄小龙想到了高中时那琅琅书声，想起了食堂窗口挤不到饭，一回头看见屈泽多打了一份等着自己时的感动。人啊，挣再多钱，没有感情活着也是没意义。

网购的人是孤独的，他们面对的只是商品。经营的人也是孤独的，他们面对的只是跳动的字符和不断更新的订单。是的，不停地在忙碌，但在忙碌背后，仍然掩不住孤独。

屈泽迅速地接受了自己的观念和谋划，黄小龙顿生遇到知音的感觉。

"要不咱们试试。"黄小龙说，"别哭得跟个孩子一样，都是老男人了。"

二

美女的概念不是你穿的衣服多漂亮，而是你穿什么样的衣服，那衣服都显得漂亮。

祝小妹就是这样一个美女。身边的人在买衣服的时候，都能向往地回忆起她穿过什么款式的，情不自禁地想找个同款试一试，然后羞愧地放下。

她还是个有才华的美女。偶然兴起，抱起古筝，随便坐在哪里，手指轻拨的时候，那里就有山有水有安静。

211大学硕士学历。毕业后本可以直接留母校任教，却偏偏想自己创业。在北京的服装批发市场附近租了一间房子，开了一家网店，选好几家批发商的衣服，买家下单后去市场拿货发出去，这样不仅款式全更新快，而且没有货物压仓资金运转不动的风险，走了一条捷径。她就这样白手起家，将生意做得红红火火。积累了资金后，还自己注册了商标，请了几个设计师，依然是在网上，为客户量体做衣。第一年的"双十一"，她的店一天卖出一万多件衣服，在同类店铺里，一下子声名鹊起。

黄小龙说："你这么有钱，得有多少人争着娶你，咋还不嫁？"

祝小妹说："你也不穷啊，咋还不娶呢？"

他们是因为刷单认识的。有人说十个网店九个刷，剩下那个是批发。用刷单群群主的话说，批发的那个也在刷，只是刷的有多有少而已，做网店的，谁敢说自己一单都没有刷过呢？

黄小龙刚被拉进刷单群的时候，就这么理直气壮地说，我就一单也没有刷过，我的信誉，是一单一单真实交易卖出来的。然后就有人在下面附和他说，她的店也从没有刷过，以前不刷，现在不刷，将来也不刷。

其心明显于群有异。于是，他们从刷单群中被踢出来了。还好，在被踢以前，已经互加了好友。踢出来后，互相发了个握手的图标，开始聊起生意。

一个男人和一个女人闲聊的时候，总会不自主地加进些个人情况。尤其是单身的男人和女人，尤其想脱单的单身男人和女人。

他们就这么熟悉起来。虽然从没见过面，但是认识的七年间，除了春节正常停业的时候，几乎每天都能在网上看到对方的图标亮起，问问当天生意怎么样，有什么烦心事互相诉一诉，或者互相介绍个客户。有一次黄小龙还把一个在北京工作的同学介绍给了祝小妹，希望能帮她脱单。

她也兴致勃勃地准备好了时间，却因那个同学出国定居而告吹。在离乡百里都要惆怅的年代，绝想不到有一天人们会把出国定居当寻常事。可是，在这样一个快速变革的时代，又有谁不是在拼命地追潮流呢？也许有一天，人们会以不变来应万变，至少这会儿，人们还在不断地万变，迎接世界的万变。

　　黄小龙觉得心有不甘，还想再给她介绍。她说算了，缘分未到。黄小龙说会继续努力给她觅佳缘。她说等着。

　　就这样，连另一半的寻找都可托付的黄小龙，天天网上见的黄小龙，却在冬天，白雪舞动、人间浪漫、正是他店铺的化妆品销售旺季的时候，失踪了。

　　也不是严格意义上的失踪，是QQ图标黑了。他们是在这个软件上结识的，这么多年一直用这个软件联系，虽然互相加了微信，虽然很多的联系都依靠微信，祝小妹每天打开电脑，还是要登上QQ，黄小龙也总是约好了一样，准时登上。也许是一种情怀，她总觉得在QQ上和黄小龙说话才有感觉。

　　可是，他一直没有上线。她点击他的店铺，想用旺旺"叮咚"他，却发现他的店铺也不见了。

　　网店虽然没有房租，没有房子和地理位置承载着日常的运营，但是也有IP，有店主自己极具风格的页面装修，每一单交易，都是真实的钱。多年的老店，拥有大量的回头客，有多年来积攒的信誉和人气。忽然间消失，无疑是砸了饭碗。

　　祝小妹心头一阵慌乱，感觉这个朋友，是出了大事情。

　　有家庭的人，生活重心在家庭上，不太会把别的事情放在心上，与朋友间聊得正酣，玩得正畅，一句老婆（老公）催了或孩子闹了，就闪电般消失了。单身的人，那饱满的情感无处可放，只有放在朋友身上，可以把牵挂朋友当作很重要的事情，可以陪聊陪玩陪吃陪睡都无顾忌，可以把朋友的事情当作自己的事情。

祝小妹开始拨打黄小龙的手机，还好通着，可是打了几次都没有人接。

手机是什么？已经快演化成身体的一部分了，到哪都要跟着。连打几次电话都没有人接，加上别的种种反常，一种不祥的预感，台风一样让祝小妹开始站立不稳。

这几日，微信朋友圈开始流行一个段子：体重与抗风级的关系。把体重与对应的风级列了一个标准，请大家根据自己的体重合理安排出行。当然，这是一个搞笑的段子，这几日京城确实风大，可还远没有到能刮走人的地步。自然的风，再大，尚有可藏的地方。台风一样的不祥预感，祝小妹不仅觉得藏无可藏，甚至还刮出了很多自己平时候都没注意的心情。

黄小龙的真人长得是不是比相片还要帅？他为什么一直不结婚呢？他要是愿意到北京来，自己会不会考虑跟他在一起呢？

祝小妹多年来抛荒的感情，忽然被这阵台风刮得春草遍野。

黄小龙在她心头滚烫的时候，不失时机地回了电话。她看见那个号码在手机屏幕上出现的时候，几乎是跳起来接听了电话。

黄小龙出事了，而且是大事。他在电话那头，语音舒缓，一字一顿地告诉祝小妹，他被骗了。

"怎么了？"

"看微信。"

黄小龙说着挂断了电话。祝小妹打开微信，黄小龙的朋友圈有一条更新，是一张黄小龙的自拍照。在冬日的河边，枯草在两岸瑟瑟，黄小龙上半身赤裸，下半身在水中。水面上浮着薄冰、杂草，还闪着太阳的亮光。还附有一段想法：好不容易才找到一片干净的水域，不知道我的死亡，会不会污染了这里？就自私一次吧，永别了，我的朋友们。我的受骗经历留在邮箱里了，欢迎无事闲翻。

另一张图片是一个邮箱号码和密码的截图。背景用了黄菊和白菊。

祝小妹大惊，忙拨回电话。仍通着，被挂断了。

微信上发来一个视频通话邀请，她接了。是黄小龙。水已经漫到胸口，他一脸的笑容，朝着祝小妹挥挥手，说："美女，永别了。"

"你赶紧游上岸啊，不要犯傻啊。"祝小妹大喊着。黄小龙却仍笑着向前走，水慢慢贴近他的下巴，然后是鼻子，然后盖过了头顶，几缕黑发在水面飘了一下，就也沉了下去。然后画面下坠，全都是水，跟着就断线了，想是举着手机的那只手，也沉入了水底。

三

没有一个强大的团队替你扛着，一个人拼，难免遇上失败，受骗不过是 N 多种失败方式中的一种，因为失败就去自杀，不是失败的问题，是心理素质的问题。他太脆弱了。谁的人生都会有这样那样的失败，连死都不怕的人，却害怕失败，叫人不能理解。

张大梁的语气中透着几分轻蔑。这语气叫祝小妹很不舒服。

"不是每个失败的人都能够再成功的，成功了才能笑看失败。不成功，失败者会败得生不如死。这是一条鲜活的生命，而且是我们的同行，请放下你成功者的姿态，和我们一起悲伤。"祝小妹反唇相讥，手指舞动，飞快地敲下对黄小龙的维护。这些话语通过网络，马上到了远在山西的张大梁面前。

没有哪种姿态是生命不可以击垮的。漠视生命，是一个很大的罪名。

张大梁发了一个疯狂流泪的图标，表态说，虽然不理解，但是真心很难过，需要哥们怎么样维护正义，美女你说话。

他与祝小妹不是网友。张大梁认为通过网络认识的叫网友，而他们是在现实生活中相识的，网络只是联系的手段。而祝小妹说我们认识的时候是陌生人，通过网络才熟识，就应该算是网友。张大梁就说，那好吧，我们就算是网友吧。

他们是几年前在杭州相识的。那天，西湖水如镜，细雨中、小舟上，祝小妹几次向岸边张望，都找不到柳如烟的感觉，她总觉得如果没有这种感觉，怎么对得起西湖上流淌的爱情故事？爱情，就是要如梦如幻。

那个时候，她的店铺刚刚起步，赖以生存的平台却忽然宣布提高技术服务费和押金，而且准入门槛提高，大有将祝小妹这样的小卖家封杀的危险。不甘心的卖家们为了创业投入了太多准备，眼看就要这样破灭，他们在一个聊天软件上集结了，三百多家店铺都派出代表，一起到杭州来讨公道。那天在西湖船上开会，就是商量怎么样在平台的大厦前集结，才能引起平台高管的注意，修改规则，让这群人的创业得以继续。

他们在前期已经做了大量工作，诸如盯上某个跟平台有血缘关系的店铺，将它的商品拍下架再退款，在店铺小二的旺旺上疯狂抖动，干扰店铺的正常经营。这些已经引起平台方的注意了，这次集结，只是为了最后一击，如若不成，这些人也准备各自散去了。

那天船上人群情激越，说到激动处，涕泪横流者有，挥拳跳脚者有，脏话满口者有，脱衣挽袖者有。只有一个人，在船的一角，自顾自地抽烟。烟雾缭绕，浓眉大眼，面色平静。

祝小妹看了他一眼，发现他也正从烟雾中抬起头来，看着自己。他们四目相碰处，船上瞬间安静了一下。然后，那个男人向祝小妹走了过来，满面带笑，步履轻盈。

她的心加速地跳了几下，很快平稳。

他在她的对面坐下，说："我们挡不住人家的路，人家也要挣钱，我们只能跟着他走路。"

祝小妹在那一瞬间，想起了一起被踢出刷单群的黄小龙，他们两个是一样的不合时宜。只是这样的聚会，黄小龙那样的小卖家，是没资格参加的。

黄小龙在她的脑海里，是完美而又模糊的，而眼前的这个男人，则清晰得可以闻得到他身上的烟草味。

"吸烟有害健康。"她轻笑着，挥手轻扇着鼻前。

张大梁的面色红了，腼腆如少年。他掐灭了烟。

"不好意思。"

"为什么不好意思？"

"我不知道你对烟味敏感。"

"我没说我对烟味敏感啊，我只是说，吸烟有害健康。"

张大梁的脸更红了，讪讪地起身想离开。祝小妹说："坐着聊聊呗，你是做啥生意的？"

张大梁就真的又坐了下来，跟她谈起自己的店铺。他退伍回老家后，在网上开店卖土特产，刚贷款开了公司，也是要被这个规则一下掐死的样子。相同的境遇只是多了些话题，他的店并没有在祝小妹心中留下多少印象。他们那天在一起谈得最多的话题，是张大梁以前的职业，国旗护卫队。

天安门前那高大帅气的兵哥，如今这般近距离地坐在对面，祝小妹的心狂跳了一阵。他们在杭州并没有多逗留，平台很快接受了他们的诉求，暂缓了执行新规则，他们就各自奔回了自己的店铺。随后的几年，他们通过自己的努力，把自己的店铺一点点做大做强，杭州集会已成烟云，当年的事情已成为谈资，虽然在网上也经常聊天，但是张大梁的样子也变得模糊不清。她想替黄小龙出口冤气的时候，找不到合适的帮拳人，想来想去，第一个竟然想到了张大梁。

第二个她想到的是常绿。

如果想到张大梁是因为可靠，那么想到常绿，却是因为她的不可靠。她是一个在朋友圈卖服装的大学生。祝小妹刚认识她的时候，她就说自己是大四马上要毕业的学生，已经四年了，她还是大四没毕业。

祝小妹甚至不知道她的名字是真是假。她说自己是常绿，祝小妹就认为她叫常绿了。她说自己一直在苦等着一段恋情，是自己大一军训时候的班长，在她的文字里，那个班长是那么完美而值得等待，她在朋友圈里时不时煽情地来一段思念，祝小妹偶尔翻到，会看得泪涟涟的，看完之后会想，她要是真有这样一段感情该有多感人啊。

不过祝小妹不会在乎常绿这些事情的真假。她是她的客户，还是有着强大朋友圈的客户。祝小妹这里滞销的，到了常绿的朋友圈，转眼就卖出高价钱来，并且有价有市。她们合作了四年，常绿从不欠账也很少讲价，四年的客户，已足以有朋友般的信赖。面对着要打垮一个牌子这样十分棘手的事情，祝小妹觉得，她需要常绿的帮助。

常绿不是张大梁，不是她祝小妹能呼之即来挥之即去的人物。

祝小妹有时候想想也很满意自己的现状，虽然没有可以如影随形的老公，毕竟还有张大梁这样可以这样聊得来的男生，而且还是那么高大英俊。

常绿说，很佩服她的魅力，自己天天在朋友圈里晒照片，虽然P图很精心，还是缺少祝小妹勾魂般的魅力。这般才色，隐身在幕后做个店主太亏了，明明有颜值，挣的却是实力派的钱。

祝小妹说，我还是路见不平喜欢一声吼的人，给你讲个故事，一个让我最近睡不着觉的故事。

常绿说，祝姐姐你不是一直失眠吗，怎么会是最近呢，是最近又加重了吧。好吧，我愿意听听是什么样的事情，摧残了你这颗坚强的心。

祝小妹就翻开了黄小龙的邮箱，给她看了那封遗件。是的，不能算是遗书，电子档的东西，虽然也是血泪斑斑，我们还是叫作遗件吧。

四

没有任何一种善良，能躲得过欺骗。我以为我已经习惯设防，没想到还是因为存留的善良，溃掉了心墙。

黄小龙在遗件中的第一句话，是如此悲观失望。是啊，不是悲观失望到极限，又怎么会去自杀呢？

死亡，是每个人终究要面对的事情，也是很多人的终极恐惧。连死亡都敢面对的人，究竟是勇士还是懦夫？

祝小妹觉得如果拿这件事情来评价黄小龙的话，对他的一生，是个不公正的评价。他奋斗过，他善良过，他远比很多人坚强，而这样的人生终结法，却又真的是懦弱的。祝小妹忽然想到，自己有一天会不会也绝望地提前终结人生？想到这里，忙呸呸两声，要吐掉这个不吉利。繁华世界对她的诱惑还是如此之大的，大到想到有一天会离开，心头都是一阵剧颤。

地球偶尔抖一抖，会抹掉许多鲜活的生灵。心灵的剧颤，能让祝小妹更加珍惜活着的时光。

黄小龙以为屈泽面对了死亡，也会如此珍惜。只有珍惜的人，才能更好地活着。

他告诉了屈泽该怎么样去运营一个品牌，这是他深思熟虑多年的方案。他叫屈泽成立了公司，注册了商标。商标还在申请阶段的时候，就已经在网络上热卖了。熟悉网络运营的黄小龙，前期先是通过中介操作，将销量排在同类产品前几名，然后开始在平台上找寻网络代理商。

屈泽注册的商标叫"迷"。这个名字是黄小龙起的。公司是以屈泽的名字注册的，运营资金是他的，但是一切的操作，其实都是黄小龙。人会为他人迷，他人也会为自己迷。最看不透的是，自己被自己迷。"迷"的系列产品，在网商平台上搜索的时候，稳稳排在第一页，一系列经过操作的好评读得人心神驰荡，刷出来的销量，不仅买的人目眩神迷，就连卖家黄小龙，也看得很是自我陶醉。

他本就有多年积攒的客户资源，很容易找到产品代理商。他们有的在实体店批发零售，有的也在网上卖，各有各的渠道和顾客群。

"迷",就这样横空出世。

只有黄小龙和屈泽知道,前期刷单的成本,耗尽黄小龙全部的积蓄,还抵押了房子。网店上可以贷到的订单贷款、信用贷款全部都用了。他的全部身家,都押在了"迷"上。

订单开始滚滚涌来的时候,黄小龙觉得这些都值了,开始赚钱了。可在这个时候,屈泽告诉他,以前的新品推广阶段结束了,以后再拿货,也只能批发价钱给他了。

那是黄小龙又下了单子叫他发货的时候,他电话告知黄小龙的,语速平稳,语气中能听得见他在电话那端脸上的笑容。

"为什么?这是我们两个人的公司啊。"

"是啊小龙,公司也把你看成自己人的,不过交情归交情,生意归生意,你只是我的代理商啊,不过你是最早的代理商,'迷'的发展,有你的大功劳,我肯定也会以最优惠的价钱给你,保证给你及时供货,有什么新品,最先给你。"

"屈泽,你没搞错吧,我为了'迷'搭上了全部去推广,到头来我只是代理商?"

"小龙,我想是你搞错了,你从我这里拿货,你多卖了,你就会多赚钱,前期的投入肯定必不可少,我也给了你成本价钱的支持了,现在公司要盈利要发展,不能总给你成本价钱的。不过你放心,你要是卖得多,年底我再返给你点。"

风凉天冷,金九银十,化妆品生意的旺季。黄小龙正在为"迷"殚精竭虑,瞬间发现,因为自己以前的大批量货都是屈泽代发的,代理商网络其实已经被他掌握,而那些自己发展来的代理商,忽然和自己平起平坐,一个价钱拿货在一个平台上竞争。而屈泽,在他们的这些竞争后面,稳稳收利。自己一直以为是在撒网捞鱼,捞来捞去才发现,自己才是网中的鱼。

市场拼来拼去,拼到最后,制胜的还是价格。屈泽给他的价格,他批发不动,零售利润极低,前期的谋划和投入,都是替他人作嫁衣。

而公司是屈泽的,商标拥有人是屈泽,自己在网络上的那点伎俩,屈泽也一清二楚。

这算是被骗吗?他这才想起,他谋划这一切的时候,屈泽从来没有承诺过他,商标算他多少,公司算他多少,将来要怎么样分配利润。没有一纸协议,甚至连口头承诺都没有。

这不算被骗吗?从公司的成立到商品的注册到品牌的运营,都是黄小龙在操作啊,他以为"迷"是他的,至少也是屈泽和他的。

他感到自己太傻了,他删了店铺,开始通过微博、朋友圈、微信群对代理商讲"迷"的故事。

"迷"已经开始赚钱了,"迷"已经迷住了代理商。他的故事没有钱精彩,他讲得越多,越像祥林嫂。他删了自己的店铺,自己的客户跑别人店里买,别人店铺里"迷"的销量就会更高。黄小龙推动了"迷",但却挡不住"迷"往前走。他爱"迷",像爱自己的孩子。孩子辛苦养大了,却认了别人做父母,看见他如同路人。还时不时提醒他,原来他就只是路人。

黄小龙觉得自己生不如死,不如去死。

"这不会是营销吧?"常绿读完遗件,面色平静地问祝小妹。

"不是,我亲见他跳进水里了。"

"那被别人救起了呢?他还有一个铁饭碗,就算是生意倒下了,也饿不死,用不着自杀吧?我不太相信。"

"真不是营销,他的店铺真删了,他的各种联系方式也断了,我们认识很多年了,我相信我的判断,他被人骗了,受不了打击,自杀了。"祝小妹沉痛地说。

常绿说,那他还是太脆弱了,能把"迷"做起来,也能把别的牌子做起来。一个刷起来的网络牌子,再红火,又能持续多久,没有后续的营销,很快就会沉在网络的角落里,被喜新厌旧的人抛弃,多少耳熟能详的大牌子,说倒下就倒下了,何况"迷"这样的代工品。想报复,可以做同类产品打垮他。

常绿是一个经常脸上微笑的快乐女生,说这些话的时候,依然淡淡地带着笑容。她留着长发,长发扬起的时候,带着一股香味。她多年来一直用这种香水。

这个味道有点刺鼻,是那种劣质香水里的香精味道。这个味道与常绿的品位和穿着打扮非常不般配,但是她多年来一直就用这个。

祝小妹问过她是什么香水,她总是笑而不答。偶然间,祝小妹觉得有点熟悉。但是她想不起是在哪里闻到过。

也许是跟她太熟了吧,祝小妹想。

她跟黄小龙也熟,虽然没有见过面,但是在报复计划中,祝小妹忽然发现自己很了解他。他的运营思路和产品定向,她竟然那么清楚。

相隔千里,一网成知己。她感叹道。

她和张大梁、常绿迅速做好了分工。她负责出资,常绿负责用这些钱在不同的刷单群中,购买"迷"的产品,然后刷差评,不停地发起售后。看见这个牌子有违规的地方,不停地投诉。网商平台上规矩越来越多,"迷"在产品宣传上,难免有些字眼夸大,常绿一天就给它十多个投诉。虽然下架后能再上架,却也让它的经营者焦头烂额，商品排名就受了损失。

张大梁则自己独自出资，找到"迷"的代工厂，研究了"迷"的产品定位，然后找到另一家代工厂，悄悄以超过"迷"的质量进行代加工。他注册了一个叫"心愿"的产品，以低于"迷"的价钱零售，异军突起，很快霸屏。他们前期准备了四个月，开始出手的时候，其实只用了一个月，"迷"就被挤出了第一页。

而在这个时候，祝小妹在"迷"的店铺下了一个千万元的大单。她知道他们没有这么多货，下了单付了款后一直等。她知道这批货，会让屈泽背上贷款，她不知道这么打击对不对，下单的时候还有些犹豫，就又看了看黄小龙的遗件，才下了决心。

她故意不在交易平台上留下任何字眼。在屈泽给她打电话确认订单的时候，她说她在北京做商超专柜，货可以晚点发，但是一定要发齐。电话挂断后，她就扔了那张电话卡。

京城大雪的时候，"迷"开始发货了，它货发出后的二十个小时，祝小妹果断地申请了退款，理由是违背承诺未按规定时间发货。

按平台的规矩，屈泽只能给她退款，并且如果她投诉，"迷"的店铺还要背上违背承诺的处罚，有罚金，有扣分。但是这已经不重要了，千万元的货，会让刚起步的"迷"，资金链彻底断裂。

而在这个时候，"迷"的同款产品，正在被"心愿"以成本价钱外抛。常绿的不断售后和差评，让"迷"的店铺黑花一片。

越是销量高评价好，就越会有大批客户蜂拥而来；越没有人买，就更没有人买，沉在角落里无人问津。网络时代就是这个样子，起得迅速，倒下得也迅速。

"迷"倒下了，龟缩在网络的一个角落里，再无人问津。

祝小妹本来还准备再举报他几款侵权，然后再来一次那样千万的单子，把他吓得从此不敢接单为止。但是看着"迷"的生意已经一落千丈，便借着黄小龙的名义，在网上发了几个帖子，说了"迷"的故事，讲了黄小龙的绝望，就此收手。

她知道自己发那几个帖子的意义不大，但还是发了，因为她不愿意一个曾经奋斗过的人，就这样悄无声息地去了另一个世界，她想帮他在奋斗过的网络上，留下一点痕迹。

五

"迷"倒了，"心愿"怎么办？

"心愿"是你的啊，你想怎么办就怎么办。祝小妹这样回答了张大梁后，觉得心里有些不安，毕竟是自己把张大梁拉进来的。

你知道我做"心愿"的时候，是什么心愿吗？

不知道。

我可以告诉你吗？

我不想知道。祝小妹回答得毫不犹豫，她怕张大梁忽然说出滚烫的话语。她果断拒绝后，张大梁就没有再说了。

他开始完善"心愿"的产品体系，打造了几个网络热卖品后，便开始开发能在商超专柜上架的产品。多年的网络销售经验告诉他，只有线上线下同步开发，这个牌子才有持久的生命力。"迷"之所以那么不堪一击，就是因为黄小龙的思路刚开始实行，就被屈泽迫不及待地踢开了。

网络有着很强的品牌效应，张大梁也拿出了自己多年积累的资金。短短的一年多时间，"心愿"不仅在国内很多大型连锁商超上架，而且在网络上，国外的单子也不断飞过来。张大梁想起一句话来，身在山西，货通天下。当年前辈们肩提手扛才能打通的路，现在一张网就做成了。

他真的做到了，而且是在很短的时间内。是不是太快了？他有时候也有点害怕自己的步伐。网络时代，什么都快，又有谁敢慢下来呢？他决定还是不能放慢，就把原来的土产百货那一块分成一个公司，把"心愿"分成另外一个公司，分别高薪聘请了两个经理。自己则闲了出来。

这个时候，京城大雪还没有结束，春天还在沉睡待醒。

张大梁这次直接打了电话，说，祝小妹，我成了真正的老板了，我可以对自己爱的人说，我爱你了。

祝小妹说，恭喜发财啊恭喜发财。

张大梁说，你怎么不问一句我爱的人是谁啊？

祝小妹说，你的隐私啊，不想问。

不想问我也要说。

算了，别说了。

我一定要说，是你，是你啊。

祝小妹说，又开玩笑。这么大老板了，一点不自重。

张大梁说，真的是你，我一直爱你。以前你比我生意好，比我挣钱多，我不敢说出来，但是这些年，我一直等着自己能有足够的资本说出我爱你。

祝小妹是躺在床上接的电话，听到这些话后，站了起来，从床上起来，站在窗边，窗外一片灯火。

祝小妹一开始，是想等一份纯净而热烈的爱情。到后来，她想要一分安稳的幸福。而在彻底沦为大龄剩女，许多人觉得她应该随便嫁了的时候，她依然不肯将自己归在超市处理商品的晚九点档。

因为网上的生意，晚上九点和十点，是正好的时候。

生意和生意的时间段不一样，人和人的想法也不一样。她说，我只有一辈子，哪怕等不到，辜负了时光，也不能将就日子。

这句话让很多人汗颜。汗颜的人，大都觉得日子将就了，而内心里还有一种不肯将就的想法，苦于不曾坚持。

张大梁单刀直入的话语，却将祝小妹的最后防线，撕开了口子。如果年轻的时候，遇到如此的话语，该是一夜无眠。她那夜却睡得很香，很踏实。天亮醒来，阳光洒满一床，窗边风铃叮当。她也为自己的坦然而诧异，想了许久，心想，这也许就是成熟吧。

她很郑重地答应了张大梁要来北京见面的请求。他们都知道这一面意味着什么。有情千里来相见，该是为自己的未婚生活画一个句号的时候了。祝小妹甚至还想到了领着张大梁去见父母时候的画面。这么高大帅气有钱又踏实的女婿，父母脸上一定笑开了花。

快新年的时候，总有些激动的情绪在空气中流动。虽然年味已淡，虽然人已长大，不再盼望新年，新年却总还是带着喜悦来了。

京城的人流像是久堵的水，突然被疏通，一下子向四面八方流走。走在街上，空荡荡竟然有些寂寞。雪在这个时候突然示威，纷纷扬扬，一夜间飞满了大街小巷。

张大梁下车的时候，京城白着，雪仍继续飞着，飞在他的国字脸上，飞在他的耀眼的红围脖上，飞在他蓝色羊绒大衣上，飞在他的黑色皮包上。

他也在顷刻间白了，白成一尊古希腊的男人。他的心怦怦跳着，这也是多年从未有过的激动。

这个时候，常绿来了。是的，是常绿。祝小妹正在指挥着员工，整理最后一批货物。临近年关，快递即将停运，客户比平常更盼望新衣，而在这个时候，突然大雪封路。依祝小妹的经验，雪落当天，如果货不出京城，第二天快递就会到处爆仓。这批货，年前就到不了客户手里，就会被退回来，客户也会退单。这个时候的退单，退掉的还有客户热乎乎的心，有许多老客户都反复叮嘱，这衣服是过新年穿的，一定要发出来。所以这批货，一定要趁着大雪还未结冰，叫快递加速运出京城。

说好的去接张大梁，这个时候，只能委托给常绿了。

常绿就这样穿着红色羽绒服，戴着红色帽子红色手套，披着一身白雪，出现在张大梁面前。看着雪花中的大高个子，她突然流出热泪。

"班长，是你吗？"她说。广场上雪花飞舞，狂风怒吼，人来人往，各种声音高低起伏。

张大梁对这一句呼喊却听得真切。好多年，没有人喊过他班长了。这是他最钟爱的称呼。这个称呼里有他的青春年少，有他引以为自豪的过往。

他已认不出她来，而她却真切地记得他的样子。谁说现在的少女不够纯情，常绿就是守情的典范，大学入校的一场军训，她就将张大梁刻在心里。校园里多少成双入对的机会她放弃了，毕业后多少花好月圆的人在面前，她拒绝了。就像班长身上的香水味，这么多年，她一直这样简单地用着这劣质的香水。她也知道这个香水不是现在的她该用的,可她就是一直用了,而且从不想改变。这段感情,她就等着,她以为只是无望的空等,然而,苍天不负,她等到他了。

却是替别人来接他的。她当然知道祝小妹的心思。她也知道张大梁此来的目的,她走的时候,还反复恭喜了祝小妹。这一刻在雪中,常绿冲动地扑向张大梁,虽然奔跑得很快,却仍是一步一个脚印。脚印在火车站广场上很快就与别的脚印重叠,大雪很快就又将这些脚印覆盖。她却在张大梁的怀抱中,再也不想离开。

"我是来找祝小妹的。"张大梁说。

"可我在等你,一直在等你,你都不知道这世上谁在等你,我明知道你不知道这世上谁在等你,我依然傻傻等着你,因为我爱你,我用我的青春等着你,这世上不会再有一个人用青春等你的。就是因为我在等你,你才来到我身边,不会是因为你找别人,路过我身边。我相信这是缘分,这就是缘分。"常绿的泪水在张大梁的胸前流淌,他能感觉到她炽热的泪水流进自己的心里。

"我不知道,我真的不知道。"他说。

"你不用知道,那是我愿意。可是你现在必须知道我在等你,因为我们已经相遇,相遇就是等待该画上句号的时候。我不会再让你走开,我也不会再一次等待,我现在就要拥有你。"

常绿说着,抱紧了张大梁,他的心如飞雪一般纷乱,纷乱地迷茫在这个曾经熟悉的城市里。城市虚幻成梦境,梦境里他遇上了童话般的爱情,那样的爱情让人奋不顾身,愿意付出所有。

张大梁说,这样不可以的。

常绿说，你跟她连手都没有牵过，你们没有任何约定，有的只是好感，而我们，班长，我们的才是爱情。

她抱紧了他，再也不松手。雪花和她的头发蒙住了张大梁的眼睛。每一场雪都来得那么突然，也许就是因为突然和遮盖，雪里的一切才格外美丽。

美丽得如同一场梦。

直到他在宾馆的床上裸身起来，看看躺在床上的人，仍觉得如梦一场。

网络能迅速拉近许多人的距离，而真正的距离，却是靠肉体在瞬间缩短的。男人与女人的距离，陌生与熟识的距离，感情与感情的距离，网络上的千言万语，却终没抵过一场拥抱。

他看着镜中自己茫然的眼睛，点燃了一根烟，吐了个圈，看着烟雾在室中弥漫，烟草的味道如此真实。他没有再穿起衣服，继续裸着身子，回到床上人的身边，抱住了她，盖上了被子。

房子隔开了雪，便是又一个世界，温暖的空气包围着他，暖融融像是不曾冷过，刚下车时候的冰天雪地，仿佛已是上辈子的事情。

六

祝小妹好久没有弹古筝了，久得她都忘了自己是一个会弹古筝的人。要不是一场感情的风波突生，她依旧会忘记古筝。她忽然记起了，忽然想弹了，是因为她想起了，自己是一个有情有欲的女人，不是迷失在网上的一个赚钱工具。

她再拿出古筝的时候，发现灰尘拂去后筝依旧如当年，看看镜中的自己,眼角已微现皱纹。年龄,不是化妆品能遮得住的。岁月,不是你忘了,它就不走了。

她轻拂了一下,一声清澈从指尖流出,《高山流水》的飘忽无定淙淙铮铮响了起来。筝音响起的时候,她便把什么都忘了,忘了自己是渐渐老去的祝小妹,忘了约好来见的张大梁,最后送了一张结婚请柬给自己。她又成了她自己,渴望纯真感情的祝小妹。那轻易就转移的爱情,能叫爱情吗?那轻易就被别人抢走的爱人,能叫爱人吗?祝小妹要的是海誓山盟,要的是海枯石烂。

古人创造了这两个词,一定就有这样的爱情,可是现代词语里,这两个词渐成冷僻词,还有这样冷不丁出现的爱情吗?祝小妹又不傻,她自己也知道没有。她还是骗自己,一定会等到,自己是那么优秀,为什么不能有超出别人的爱情?

常绿和张大梁的婚礼,在山西太原举行,彼时春暖花开,万物开始欢腾。

祝小妹弹完一曲,饮了一杯绿茶,在室内静坐片刻,便决定按常绿的要求,送她一套新娘礼服。她亲手缝,她觉得每缝一针,自己的思想都能提高一个境界。礼服用了一星期才做好,打包邮寄的时候,她决定再送张大梁一身西装。毕竟,他们都不欠自己什么。是啊,他们真的不欠自己什么,而自己似乎欠他们一场交情。

虽然没有得到什么,但是这场突然开始又突然结束的恋情,祝小妹也没有失去什么。要真的说失去了什么的话,那就是失落。是的,她的心情好久都没有平静下来。网络是虚拟的,但是人是真实的。人说的话和投入的情,都是真实的。人和人是相识的,情和情是连着的。这世上发生的事情,究竟是怪了人,还是怨了情？

网络是网，现实也是网，终究是一张网，人自以聪明地张网，却还是被情网捞了。

钱挣得再多，总得有地方花才行。不结婚，不买房，不养孩子，又不生病，祝小妹发现自己的钱只是数字，自己也缺少了让这个数字增长的动力了。她决定把生意放一放，全身心投入一场恋爱。

她开始相亲了。在网络上面对了林林总总的朋友，没想到，到最后，还是要靠最古老的手段来解决自己的婚姻问题。祝小妹觉得可笑，但她还是一脸堆笑，步履轻盈，来面对每一个约见的男人。

每个男人都有自己的样子，她努力地想从他们身上找些张大梁或者黄小龙的影子，但是没有。祝小妹这才明白，原来她不曾真正爱过。她的脑海里，男人是一片空白。所有的自以为的爱，只是填补网络的网友。她要的是柴米油盐的生活，这不是网络能给她的。

她聊起这些的时候，齐方也有同感。他毫不讳言地告诉祝小妹，从最初的聊天室到后来的贴吧、QQ群、微信群，他有很多网友，也见过很多网友，甚至还跟其中一两个发生过关系。他说这话的时候，公园里灯火昏黄，夜色如水掠过他们的肌肤。

他是祝小妹姑妈同事的儿子，国外留学回来后自己办了个旅游公司，平时也经常在网络上聚团，搞些特价吸引游客。两个人见面的时候，在公园的长椅上，分坐在两端，聊起网络，便凑得近了些。说起网友经历的时候，祝小妹觉得他这个人真的很坦诚。

坦诚得连婚前的外遇都交代了，那是多少待婚待嫁的人拼命隐藏的事情啊。或者，那也不该叫外遇吧，那只是别人以前的生活。而在这以前，他是他，她是她，生活又没在一条线上，原本就不该计较人家以前做了什么。

她也很坦诚地跟他聊了黄小龙和张大梁。没想到齐方竟然面色一片尴尬，一种让别人抢了东西，又不敢说话的表情。这个表情让祝小妹不自觉地往那个热乎乎的身体旁，挪近了些。而他，竟然趁着夜色，握住了她的手。

他们交往一个月后，齐方当着她的面，删光了微信和QQ里所有网友。也许，在他的观念里，网友再亲密，终也是现实生活的累赘。在他寻到了想要的人儿时，那些交往多年，聊天记录密密匝匝的网友，只需要删除两个字，便从此消失于网络，永绝于生活。

祝小妹并没有要求他这么做，他却非要坚持这么做。祝小妹觉得他很绝情，甚至是很自私，为了自己的将来，可以扔掉那么多过往，毕竟那些人里有跟他谈过情说过爱的，却都这么删除了。不过他这么做了以后，祝小妹的心里还是觉得踏实了很多。

祝小妹不想闪婚，她想跟齐方再好好了解一下，可是齐方橡皮糖一样天天粘着她，粘了一个月后，她觉得自己也很享受这种感觉，看着同龄人的孩子都有上幼儿园的了，她确实也该结婚了。

她仍然还是认真地拖了三个月，确定可以结婚了才答应了齐方的求婚。

他们的婚礼是在希腊的一个荒岛上举行的，祝小妹一袭白裙，头顶花冠。齐方头插着羽毛，裸着上身，运动短裤，抱紧了她。他是想要全裸的，蓝天之下，万物之中，安静的两个人，毫无拘束地发出海誓山盟。可是想到要在朋友圈里发相片，让大家见证，就还是穿上了运动短裤。

想真正地毫无束缚，看来无论走到哪里，都是做不到了。

祝小妹在朋友圈里发出相片后，立刻点赞声一大片，却大都是夸奖新郎的一身肌肉。齐方的朋友圈里，也是一片倒地称赞新娘漂亮。两个人发出相片后半小时，看着点赞和评论，脸上洋溢着幸福的笑。

齐方说，早知道我们这么在乎别人的评论，何必跑这么远来躲清静。

祝小妹说，本来是想脱俗的，一不留神成了摆酷。

他们正享受着赞美和祝福带来的满足，祝小妹却看到了常绿发来的微信。

她说，你也找到了幸福，何必再来报复我们。祝小妹忙问这话从何说起。常绿说，从你的手段说起，别以为悄没声息，就看不出来是你做的。

祝小妹说，美女，开什么玩笑。我这正新婚大喜呢，你没看朋友圈吗？我悄没声息做什么了？

常绿说，"心愿"被两个新牌子围歼，产品卖点和爆红手段，与当时"心愿"攻击"迷"的手法如出一辙，而且这次是两个牌子一起上，可见背后操作人的资本雄厚，"心愿"怕是扛不住了。

祝小妹说，这种手段很简单啊，商场如战场，比这复杂得多的手段都有。"心愿"成功后，很多人学习它的爆红手段，这早就不是秘密了。再说你可以拓展营销渠道啊，比如现在新起的村淘，还可以去客源集中区发实体广告啊。你们束手待毙，无端地怀疑我指责我有意思吗？

常绿说，这两个牌子的攻势非常凌厉，不仅是为了自己站起来，而且把"心愿"能突出去的渠道，比如线下专柜、实体广告，全都封死了。他们这会儿是在赔钱堵路，一定是跟"心愿"有仇，张大梁毕竟刚刚起步，根本没有那么多钱突围。想不到会是谁，真的想不到会是谁。

祝小妹说，现在网商也开始团队运营资本碾压了，小卖家在这样强大的攻势面前，根本不能自保。网商成功模式太过于简单，复制起来也非常容易。不是谁跟"心愿"有仇，可能是"心愿"挡了人家挣钱的路。我没有这么大资本来做这件事，而且我也没有兴趣做这件事。你们自求多福吧，但愿能扛过去。

常绿给她发了几个痛哭流泪的图片求她帮忙。祝小妹说，我们都以为自己在改变生活，都以为网络改变了生活，其实只是生活改变了这一切，我不想再陷在争来斗去的生活里，我只要做好自己的生意就好了。

她拒绝常绿后，心情沉重，担心起张大梁来。

齐方说，笑一笑吧，活着多美好，何必计较得失，尤其还是别人的，跟咱们没关系。

是啊，人一生中要面对多少得失荣辱甚至生死，你要觉得跟你有关系，便每件事情都跟你有了关系。你要觉得没关系，便能活得开心，可是那笑容，却是无心无肺冷血的笑。

七

齐方就是这样生活的。朋友的公司破产了，他淡淡一笑，胜败兵家常事；自己的公司困顿了，他也淡淡一笑，困难是暂时的。

也许这是一种得道吧。世间事都看透的感觉。

祝小妹慢慢习惯了他的这种看透,甚至自己也开始学会了这种态度。她想,要是自己几年前就有这种心态的话,便不会为黄小龙的死而愤怒了。

齐方虽然开着公司,大部分精力和钱却都是放在股市里的。祝小妹忙,稍闲一点,他就开始和她聊股票,还劝她也投身股市。祝小妹禁不住诱惑,投了几十万进去。中间有涨有跌,她也没怎么在意。

每个人都在辛苦经营自己的生活。最后的成败,很多时候由不了自己的。

一夜之间,齐方的几支股票全线大跌,并且连绿好几天。他却认为该逆市而上,这几支股票一定会飘红的,他将公司所有的周转资金全投了进去。没想到那几支股票却还是绿,一直绿,公司因他将资金陷在股市而经营困难,他却已不再想经营了。

"辛苦了这么多年,禁不住赔这么一下,平时赚的钱,这会都成了纸。辛苦有什么用,这么多钱,我得再做多久才能赚回来啊。"他谢绝祝小妹的资金支持,干脆关停了公司。

他那淡定的笑容没有了,也学会了长吁短叹。

"没事的,会绿也会红,挺挺就过去了。我的公司还在,真不行你就来我这里帮忙吧。"祝小妹宽慰他说。

"行,以后我就指着老婆养了。"齐方说。

"真的,你要想开点。"

"我想得很开了。"齐方愁眉苦脸地说。

没有谁能在生活面前永远保持笑容。

笑容只是胜利者的姿态。

常绿是笑着回到京城的。身边簇拥者无数,却独独没有张大梁。

"心愿"负债累累,张大梁绝望得也想学黄小龙往水里一钻、一了百了的时候,常绿将"心愿"的一款美白产品,从网店下架,放到朋友圈销售。原来卖价30元,在朋友圈卖300元。

一级代理商需订货十万,送十个长期客户,然后每发展一个客户,成为她的二级代理,还能再享受百分之二十的回款。如此模式,无限往下复制。

张大梁不反对她在朋友圈卖,反对她招代理的模式。

张大梁说,交易就是物与钱,简单的买与卖。这么多花架子,越看越像传销。生意可以赔,这种违法的事情不能干。

常绿说,脑袋要跟上时代,没有花花架子,怎么能把人套进来挣到钱?你看有多少国外的大公司是用这个模式在中国销售的,国内多少小公司也在玩这个套路,谁违法了?不都赚得盆满钵满?

张大梁说,我们是夫妻,你得尊重我的意见,我觉得不能这么干。

常绿说,贫贱夫妻百事哀,我可不想有一天穷到坐在你的自行车后面哭。

张大梁说,要真有这一天,你打算怎么办?

常绿说,夫妻本是同林鸟,大难临头各自飞啊。多早就有的话,多有意境的诗。

张大梁说,一日夫妻百日恩,你等我那么多年,难道就是为了等我有钱?没钱就各自飞?

常绿说,我等你是为了爱情,各自飞是为了生活,爱情和生活什么时候真能完美地融合?你还是好好挣钱吧,要不然我为生活抛弃爱情的时候，真担心你受不了。可我要真的为了爱情固守生活的时候，我怕别人的眼光我受不了。

张大梁气得再也没有跟她睡在一个床上，两个人就开始了冷战。常绿风光无限地回京城召开代理商颁奖会时，他们依旧在冷战。

颁奖会祝小妹本来不想去，可是常绿一天给她打了七八个电话，非叫她保证一定出席，祝小妹本想顶她一句我就不去，可是终究讲不出这句话，还是勉强着答应了。

颁奖会上，台下的追随者大声呼喊着常绿的名字，她站在聚光灯下，给大家讲着聚财之道，每讲一句，台下就掌声雷动，甚至有人痛哭流涕，觉得与"心愿"相遇恨晚，之前的几十年都白白度过。尖叫声呐喊声让祝小妹一阵阵害怕，为了钱，人被激出来的热情，真的很可怕。头奖是一辆宝马汽车，竟然被一个只有十九岁的小伙子领走，这让所有人更加尖叫欢呼。

然后有销售冠军上台分享销售经验，每个人的演讲都很专业，很投入，或捶胸顿足，或大喊大跳，或满场奔跑。后来祝小妹才知道，都是常绿请的托，这也是个专业的会议团队，只要掏了钱，什么都会有人安排好。但在当时那种满场疯狂的氛围下，没有人会怀疑到这些销售冠军的虚假。

祝小妹性格喜静，实在不愿意被这种场面点燃血液。更令她无语的是，身边的齐方，是祝小妹硬拉出来散心的，最初倒也安静，可是到后来，竟然也跟着欢呼起来，扯着嗓子尖叫的样子，与平时判若两人。

她推推齐方，说，你不说她是常绿不吉利吗？

齐方说，这个女人很有本事，她这套做起来不得了，比炒股来得更快。股票要投资，风险很大，我看她这个几乎没有什么风险。

祝小妹说，这是传销啊，早晚会出事的。还是稳扎稳打做生意的好，辛苦钱万万年，你可别想着搞这个啊。

齐方说，我想做怕还没有这个女人有本事呢，再说，这只是一种商业模式，怎么能说人家是传销呢？

祝小妹掐了他一下，他就闭嘴了。

常绿还是资金不足，为"心愿"找的品牌代言人，是一个刚出道只在某热播剧中露了几秒钟脸的群众演员，但是依然傍上了那个热剧的大名。代言人出现在台上的时候，差点被台下的欢呼声吓倒，明显地有点腿发软声发颤。

其实这个颁奖会，每个人都是演员。每个人都在演与被演中得到了满足。这样的满足感，让许多人快速敛财一夜暴富，在网络时代里，真的是寻常见、几度闻了。

但那都是发生在别人身上的事情。身边的人这样发了迹，祝小妹心中也是不平衡，脚踏实地等于原地踏步，虚假做态却一日千里，究竟是人变了，还是时代变了？面对这样无解的现象，祝小妹很是郁闷。

齐方说，等到一点一点的钱，攒成大把大把的票子，人都老了，吃啥不香走路直晃，享受人生都是空谈，更何况那些票子还会贬值，你用三年攒了一百万，三年后的一百万要是跟现在的十万一样，还不如现在把十万花了呢。祝小妹说，那也不能去抢钱啊，你看那做传销，跟抢钱有区别吗？齐方说，怎么能算抢钱呢，这只能叫利润。祝小妹说，想快速挣钱，可以想别的法子，把生意做好把销量拉上去，常绿的方法不靠谱。齐方说，不靠谱的人多了，不靠谱的事也多了，活得好是王道。

两个人起初是谈，祝小妹和他谈得闹心，就开始吵。吵到后来，齐方说要出去转转，然后半个月没了影子。等到半个月再见到他时，他天天低着头摆弄手机，她惊觉不对的时候，齐方告诉她，他和常绿已经决定共同开一个新产品发布会，利用自己在京城的人脉，他会比常绿做得更好。

那是"心愿"推出的又一款专卖品，售价388元。祝小妹和齐方大吵一架，说，产品是"心愿"的，确切地说，齐方只是常绿的下线。

齐方说，如果我做大了，市场都是我的，她只是我的产品提供商，再说一遍，这不是传销，只是一种商业模式。

祝小妹说，我们是夫妻，我不同意你这么做，如果你敢和常绿一起做这个产品，我们就离婚。

齐方淡淡地说，婚姻和事业如果不能兼得的时候，只能放下一样了。他说这话的时候，又如以前那般冷漠。

祝小妹气得摔门而出。

发布会那天，她悄悄地去了。现场一如上次一样热烈，身为男性的齐方，站在台上，口若悬河，台下嘘声惊呼声尖叫声一片。这声音更加刺激了齐方的健谈。

当然，他不会说是自己的发财之道，将赚钱上升到这么高的人生高度，齐方也真是人才。

祝小妹站在台下看齐方，觉得他离自己好远。灯光闪烁，他脸上神采飞扬，常绿在他旁边，一脸娇媚和自信。她忽然觉得自己从来都没有认识过这两个人，她甚至都想不起他们的名字，如在微信上或者QQ上，那众多的好友悬挂着，头像或忽然亮起，或忽然暗淡，每个头像其实都是一个人，但是在电脑或手机屏幕上，他们就是一个符号，只是一个符号而已。你好像懂得了他们的喜怒哀乐，但是根本不知道那是不是他们真正的喜怒哀乐。他们今天和你亲密地聊天，也许隔了几天，就根本找不到那个符号了，而在记忆里，这个符号也会很快消失，大脑皮层会很快抹掉关于这个符号的所有痕迹。

常绿是她面对面认识了很多年的人，齐方是跟她同床共枕的丈夫，可是她对他们却也有这种符号般的感觉。祝小妹很害怕，怕自己的思维被网络给改变了。

她试图对齐方亲近些。她开始放下生意，给齐方洗衣服做饭，收拾完屋子小猫一样偎在沙发上等他归来。可是齐方显然把她当成了符号。偶然归来的时候，不是一身酒气就是一身香气，对她视若无睹。他收拾了自己的衣物搬出去的时候，祝小妹很平静地看着他离开。明知道一转身就是一辈子，却觉得一辈子有没有这个人都没有什么关系。彼此之间，只是那网上或明或暗的头像。她已忘记，他们是相亲认识的夫妻。

他们没有办结婚证，只是在希腊的小岛上海誓山盟过。那分开，就没有什么约束，一个人搬离了另一个人的地方而已。人走了，就什么都结束了。原来所谓海誓山盟，真的抵不过一纸文书的捆绑。

八

祝小妹与齐方分开后，接到张大梁的一个电话。他说自己也离婚了。

"嗯。"祝小妹就这么轻轻应了一声，然后觉得有点失礼，又补充了一句，"好好开始新生活吧。"就挂断了电话。

她又开始了单身的日子，忙碌而平淡，一如往常。直到半年后的一天，突然看到一个新闻——"心愿"涉嫌传销被查。

这个新闻是祝小妹在一个小网站上不经意间看到的。她只在无聊的时候才会看这种小网站，而齐方离开后，她有时候确实觉得很无聊。平时都是大新闻主动从网站弹出来她才看的，这样弹出来的重大新闻，几乎人人皆知。所有人的脑子，大抵也都被这些网络新闻所填塞，大家的所见所想，被这些新闻同化得很快。

在网络大世界里，一个牌子的陷落，只是小得不能再小的事情。像"心愿"这样能被小网站提及，可见也有一定的影响力，受害的人也是不少。祝小妹想，看来齐方和常绿，是赚了钱的。

她也就是这样想了一下，并没觉得有什么大快人心或者切肤之痛的感觉。她强迫自己去想这件事情，毕竟这是与她有过密切关系的两个人。可是很快目光就被下一个新闻所吸引，那个新闻是网购平台的一些规则改变，她竟然很细心地读完。在读完那个新闻之后，上个新闻已经忘光了。

要不是张大梁把那个新闻又从QQ上发过来，她都忘了，这两个人跟他也有关系。而他，好像以前跟自己也有关系。

张大梁说，他们两个逃到国外去了。

祝小妹说，祝他们幸福。

张大梁说，是的，祝所有人幸福。

然后他们就没有再说别的。一阵无语之后，祝小妹觉得好久不聊，总要说些什么吧，就又问了一句，生意怎么样？

不太好，最近好像大家都挺好，只有我们不太好。

是的，竞争越来越激烈，感觉好累，赚点钱好吃力。

我想告诉你一件事情，也许当初我们做的是错的，我们多事了。

我们做的错事太多了，你说是哪一件？

黄小龙，他也许没有死。

不可能，我亲眼看见的。

我的牌子遇挫的时候，我想到了这个人，我特意去了他所在的小县城，有人说他辞职去了南方。

"哦，还活着就好。"祝小妹说这话的时候，觉得很疲倦，闭上眼睛想放松一下，没想到竟然在电脑前睡着了。她长发凌乱地靠在椅子的靠背上，眼睛微闭，面色苍白。林黛玉的弱不禁风是有男人想扶的，疲惫的祝小妹也如风中的枯草，却是无人能见无人能怜。

算起来，她开始在网上做生意，已经十二年了。最初做个体小店铺，然后成立公司开始做大的。公司里也有几个一路跟着她的员工，但是很多事情，祝小妹还是亲力亲为的。尤其是在开始创业的前几年，什么事情都是自己在做。长期在电脑前管理店铺，她的颈椎腰椎都落下了毛病。

这几天更是浑身疲软，懒言懒语，小肚子隐隐作痛。每个月红姑娘来得倒是及时，可是最近几个月明显流得太多。

她坐在电脑前疲惫不堪的时候有很多，可是这样毫无防备地熟睡，却是第一次。醒来后，发现张大梁又说了一大串话，大抵是回忆过往和分析黄小龙为什么假死，抑或是真的死了，县城里的人不知情。她细细看了看，觉得都跟自己关系不大，以前的事情都已经过去了，再分析出原因又有什么意思呢？她回了一句，抱歉，刚才睡着了。

张大梁说，没人爱的时候，只能自己爱自己了，注意身体。

这话提醒了她，她决定自己疼惜自己。就去了医院。

很多自己骗自己的事情，只是骗了自己的心，却骗不了身体。

医院的检查结果是子宫肌瘤，需要手术。

她以为是一连串感情上的打击和劳累，给自己埋下了祸端。她也只能这么认为了。医生也无法告诉她，究竟这个肌瘤是因为什么来的。

谁又能知道自己什么时候给自己的身体埋下了祸端呢，如同人生，祸福难料。很大程度上，身体就是人生，人生就是身体。

祝小妹从没想到自己的人生会突然出现一个这么大的转折。虽然医生安慰她，如果是良性的，只需一个简单的小手术就行了。可她也在想，如果是恶性的，人生要么开始凄惨，要么就这样画一个句号。

她再也无心生意，开始住院治疗。她庆幸自己这些年的努力，这会儿有足够的钱来面对厄运。她住进昂贵的单间，关闭了手机和电脑，不想再看到键盘，不想再听客户来访的"叮咚"声。虽然开始有些不习惯，但是很快她就适应了在白色的海洋里，不停地量体温血压，排队做这样那样的检查，吃寡淡无味的病号饭，接受护士每天晚上九点强行关灯睡觉的作息。

原来，养病也是一种生活。

也交了些病友，问及做何工作时，她说是开网店的，便有人会跟她聊一些网上的事情，她却已觉得那是前世的生活，其实离那种日子也只几天而已。

那些拼搏和追求，都已是过去，此刻只有回味，只有平静如水的日子。

人生中有多少当时非常在意的东西，转瞬便一钱不值视若敝屣。

这个时候能在意什么呢？只有身体，只有活下去。可是如果活下去了，仍然没有可在意的东西，那么活下去又有什么意义呢？祝小妹不敢去想这个问题。

直到有一天，祝小妹的病房里，忽然出现了一个男人。一个很英俊的男人，带着一束很红艳的玫瑰来了。

花香和他身上的荷尔蒙，将病房里的阴晦一扫而光。

祝小妹的心里止不住狂跳几下，要不是一直记得自己是个病人，她想她都无法平静地跟他说话。

而他，竟然说出让她心绪如波涛汹涌的话。要知道，这是祝小妹生死攸关的时候，她即将手术，她需要人陪伴，她需要人安慰。所有的平静，其实不过是刺猬为了保护自己立起的坚硬而已。

这个男人是张大梁，他说，让我们今生做伴吧！

祝小妹说，感谢你能来，你还是走吧！

张大梁面色一红，便转身而去。病房的门被掩上的时候，屋子里的安静让人窒息。

祝小妹在床上静静地躺了一会，还是决定起来看看。她站在走廊里向着张大梁走去的方向望去。走廊很长，很安静，白色的灯光在白天很微弱，微弱得迷离而虚幻，让她不由滚落两行清泪。

她觉得走廊都有点倾斜了，而自己再也无力面对这种倾斜，手扶着墙，想要蹲下的时候，身后一双有力的手扶住了她。

她回过去，张大梁嘴角上翘，微露出洁白的牙。

"我知道你舍不得我离开。"他说。

祝小妹哭了，说："我没有舍不得谁，只是在这世上，我想看看还有没有人能舍不得我。"

"我舍不得你，从现在起，到永远。"

"那你怎么证明？"

"用行动。"

那刻他的微笑很朴实忠厚。后来祝小妹发现大多数的时候，他的脸上都是这种表情，就连他们在婚礼上，他脸上的笑容亦不曾再多半点夸张。

而在以前，她在他的脸上，只看到了迷人，也许岁月流走，眼睛里看见的东西会不一样，也许，是他人变得不一样了。

祝小妹这次非要办一个盛大的婚礼。有闺蜜问是因为郎君如意吗？她笑而不答。是因为那个良性肿瘤带来的一场虚惊吗？她亦不语。没有人知道为什么，一向低调的祝小妹不仅要办一个盛大的婚礼，还要把婚礼直播。

张大梁说，我们是不是俗了点，这是一辈子的大事情啊，怎么还要直播。

祝小妹说，那我们就来点高雅的。

张大梁说，有你在，处处都是高雅。

祝小妹说，心里装着高雅，做什么都不俗。

他们回了新房，彩灯高悬，夜空迷离。祝小妹坐在房中，焚香弹起古筝，移指换音间，筝音伴着哗哗的流水声，那是张大梁正在洗澡。在浴室的玻璃门上，他用身子映出一个浓重的山影。

祝小妹一曲弹完，张大梁仍未洗完。祝小妹便听着水声欣赏晃动的山影，脑袋里仍然是飘忽无定的古筝声。

卧室里是少不了电脑的。电脑的 QQ 上，有个图标忽然闪动几下，显示对方上线。

是黄小龙的 QQ 头像。

祝小妹已经忘了他是谁，以为是一个久不联系的网友。